Disney
BRANCA DE NEVE

Belo &
Sombrio
Coração

Snow White: Fair & sinister heart
Copyright © 2024 by Disney Enterprises, Inc.
© 2025 by Universo dos Livros

Todos os direitos reservados e protegidos pela Lei 9.610 de 19/02/1998. Nenhuma parte deste livro, sem autorização prévia por escrito da editora, poderá ser reproduzida ou transmitida sejam quais forem os meios empregados: eletrônicos, mecânicos, fotográficos, gravação ou quaisquer outros.

Diretor editorial
Luis Matos

Gerente editorial
Marcia Batista

Produção editorial
Letícia Nakamura
Raquel F. Abranches

Tradução
Monique D'Orazio

Preparação
Nathalia Ferrarezi

Revisão
Alline Salles
Aline Graça

Arte
Renato Klisman

Ilustração da capa
Serena Malyon

Design da capa
Gegham Vardanyan

Diagramação
Nadine Christine

Dados Internacionais de Catalogação na Publicação (CIP)
Angélica Ilacqua CRB-8/7057

B565b	Blackwood, Lauren
	Branca de Neve: Belo e sombrio coração / Lauren Blackwood ; tradução de Monique D'Orazio. -- São Paulo : Universo dos Livros, 2025.
	208 p.
	ISBN 978-65-5609-734-3
	Título original: *Snow White: Fair & sinister heart*
	1. Ficção infantojuvenil norte-americana I. Título II. D'Orazio, Monique III. Série
23-3254	CDD 028.5

Universo dos Livros Editora Ltda.
Avenida Ordem e Progresso, 157 — 8º andar — Conj. 803
CEP 01141-030 — Barra Funda — São Paulo/SP
Telefone: (11) 3392-3336
www.universodoslivros.com.br
e-mail: editor@universodoslivros.com.br

DISNEY
BRANCA DE NEVE

BELO & SOMBRIO CORAÇÃO

São Paulo
2025

Grupo Editorial
UNIVERSO DOS LIVROS

Era uma vez uma garota com grandes sonhos
que caiu em um sono profundo...
e abriu os olhos para um pesadelo.

Ela fez uma careta, as pálpebras tremulando contra o sol que brilhava através de seus cílios escuros. Enfim conseguiu abri-los, pouco a pouco. A luz cortava fortemente sua visão, raios de cores suaves cintilando e refratando como se fossem um prisma. Ela piscou algumas vezes, semicerrando os olhos para se ajustar ao clarão enquanto se sentava.

Sentiu a cabeça girar — havia se sentado rápido demais. Pressionou a palma contra a testa para aliviar a dor e diminuiu a velocidade dos movimentos. Seus membros pareciam se mover como se estivessem em meio a lama. Era aquela estranha sensação de passar mal provocada por não dormir o suficiente ou por dormir por tempo demais; ainda assim, não se lembrava de ter ido dormir. Mas tinha que estar sonhando. *Só podia* estar, porque a floresta ao seu redor não parecia muito certa.

As árvores tinham o formato de árvores reais, pelo menos em sua maioria — troncos grandes de um marrom-avermelhado, galhos que se estendiam em todas as direções rumo ao céu e folhas verdes para protegê-las do sol com sua sombra. No entanto, a semelhança terminava aí. Os troncos, por mais avermelhados que fossem, não tinham a textura de casca de árvore nem o acabamento áspero e fosco da madeira. Em vez disso, tinham um acabamento mais sedoso, como uma peça de cerâmica que foi assada no forno, pintada e polida. Como uma mistura de tintas a óleo douradas e marrons, lustradas até alcançarem um brilho deslumbrante. Era... uma pedra preciosa? Qualquer dúvida remanescente desapareceu quando ela viu o que tinha inicialmente confundido com folhas: eram verdes, rígidas e brilhantes, mas um pouco transparentes. Pareciam-se demais com... esmeraldas? Era dali que vinham as manchas de cor. Olhou para a própria pele enquanto a luz suave dançava sobre ela como um delicado vitral.

Lindo. Como se a própria natureza fosse feita de majestosas pedras preciosas. Havia, no entanto, algo perverso nessa beleza... uma incorreção natural e inerente.

E as árvores não eram as únicas coisas a exibir essa beleza não natural. Ela se viu olhando com admiração para as flores silvestres a seus pés, as pétalas feitas de gemas de rocha claras e brilhantes. Agachou-se e estendeu a mão devagar, com cuidado, mas recuou quando uma dor aguda percorreu seu dedo, provocando um latejar na parte macia da ponta. Olhou para o dedo, franzindo levemente a testa, e viu brotar uma pequena gota de sangue. E então, rapidamente, colocou o dedo na boca, pressionando o ferimento com a língua.

Sonhos não deveriam causar dor.

Não. Aquilo com toda certeza não era um sonho. Além disso, ela nem estava dormindo antes de abrir os olhos; estava...

Deu um suspiro ao ser inundada por lembranças. Era Branca de Neve, a princesa herdeira e agora uma fugitiva, escapando das tentativas de assassinato de sua madrasta, a Rainha. A primeira havia sido no pomar de maçãs com o Caçador, cujo coração mole ou a culpa tinham-no forçado a deixá-la ir. Depois, o encontro com os soldados: ela correra ao pensar no corajoso e bonito Jonathan e em sua gangue de ladrões, que tinham salvado a vida de Branca de Neve do ataque deles mesmos. Também não podia esquecer seus sete amigos, que a tinham acolhido, protegido.

E então havia...

A maçã.

Algo tão comum para causar tanta confusão, mas era a última recordação que ela tinha antes de acordar sem se lembrar de nada. A maçã devia ter sido envenenada de alguma forma. Amaldiçoada? Encantada. De que outro modo ela estaria viva, mas não, bem... será que *estava* viva?

Onde quer que Branca de Neve estivesse, precisava descobrir que lugar era aquele, e logo. As pessoas que eram importantes para ela — seu reino, seus amigos — estavam em perigo.

Suspirou e olhou ao redor. Também estava na floresta quando tinha mordido a maçã, mas pelo menos antes havia seus amigos por perto. Já ali não havia sinais de civilização.

É hora de escolher o seu destino, pensou Branca de Neve. Norte, sul, leste, oeste. Não havia como saber qual caminho a levaria a algum lugar onde pudesse encontrar ajuda. Então, simplesmente escolheu uma direção e começou a andar, tendo o cuidado de evitar as flores afiadas espalhadas pelo chão. Precisava encontrar um caminho logo, pois a grama de esmeralda não era muito mais segura para seus pés caso seus sapatos se desgastassem.

Enquanto caminhava, viu algo espreitá-la entre as árvores ao lado. Algo de quatro patas. Porém, quando piscou, não havia nada além de galhos e folhas.

Este lugar está mexendo com a minha mente, pensou ela. Cada sombra e cada lampejo de luz refletido pelas gemas de rocha a deixavam mais inquieta.

Andou até encontrar uma ampla trilha. Onde havia trilhas, havia pessoas... ou animais grandes. Estava no caminho certo em direção a *alguma coisa*. Se ao menos houvesse um rio para seguir... Os vilarejos geralmente eram construídos perto de rios.

Da maneira como as coisas estavam, contudo, não tinha outras opções.

Com nada além de esperança em seu coração, Branca de Neve escolheu novamente uma direção e continuou. O sol brilhava atrás dela, e ela tentou não pensar no fato de que estava mais baixo que quando havia acordado. Em algumas horas, já seria noite, e provavelmente seria melhor se, até lá, encontrasse alguém que pudesse ajudá-la.

Tropeçou quando um movimento chamou sua atenção outra vez. Podia ver agora o que pensou que a estava seguindo: era um animal peludo de quatro patas; não conseguia distinguir muito bem o que era, mas, ainda assim, deu um suspiro de alívio.

— Ah, olá — disse Branca de Neve. A esperança encheu seu âmago. Há quanto tempo será que o animal a vinha seguindo? Embora isso não importasse tanto quanto o fato de que ele estava ali, bem quando ela mais precisava. — Pode me ajudar? — ela perguntou.

A criatura emergiu das sombras das árvores; sua aparência era de lobo. À medida que ele se aproximava, o coração de Branca de Neve começou a bater mais rápido. Estava claro que aquele não era um lobo comum, não mais comum que as flores e as árvores.

Era certamente uma criatura viva, mas, ao mesmo tempo, como era possível? O que ela, de longe, tinha confundido com pelo eram, na verdade, afiadas pedras preciosas cinzentas que capturavam o sol do fim da tarde. O estômago de Branca de Neve se revirou de apreensão, porque as superfícies irregulares do corpo transparente do animal lhe davam uma visão distorcida das entranhas viscosas. Teve uma visão distinta do pulsar rítmico do coração úmido e venoso da criatura. Os finos filamentos, como pequenos rios em um mapa, transportavam líquido vermelho-profundo por todo o seu corpo. Os sacos pálidos e enrugados de carne no peito do animal se expandiam a cada respiração.

Como uma máquina mortífera. Era algo terrível de se contemplar.

Levou um momento para Branca de Neve engolir o nó na garganta e suprimir o medo. Ainda era um lobo, afinal, assim como os que ela conhecia, na sua terra. Já havia conversado com muitos lobos antes... mesmo que não tivesse visto com os próprios olhos o funcionamento dos órgãos deles durante o processo.

Mas também não poderia julgar o único ser que talvez fosse seu aliado naquele mundo estranho.

Branca de Neve deu um salto quando o lobo começou a rosnar para ela, a vibração mais do que apenas gutural. Era como o rugido de centenas de pequenas pedras — um bote iminente.

Seu medo momentâneo claramente o deixara nervoso.

— Está tudo bem, meu amigo — disse Branca de Neve, estendendo a mão para a criatura. — É só que eu nunca vi um lobo que...

Mas, quando ele avançou em sua direção com a boca escancarada, ela caiu, encolhendo-se ao esmagar a grama dura sob suas costas.

Fosse lá onde se encontrasse, certamente aquilo não estava nada certo. Na sua terra, os animais eram seus amigos, sempre muito prestativos, mesmo os que ela nunca havia conhecido. Nenhum animal nunca rosnara para ela em sua vida.

Deu passos lentos e comedidos para trás, afastando-se da criatura, que a observava, mas não a seguia. Por um momento, apenas olhou para a área no chão onde Branca de Neve tinha caído e a grama sólida havia sido esmagada em pequenos fragmentos e poeira. Ele levantou uma pata como se tivesse a intenção de se aproximar dela, depois mudou de ideia e apenas rosnou.

A criatura travou olhares com ela. Os olhos, presos no lugar por feixes de veias, percorreram-na rapidamente em movimentos rápidos e inquietantes. Havia um frio letal em seu olhar. Não como seria típico de um animal na defesa de seu território ou em caçada, mas como se não sentisse nenhum desejo de proteger ou comer. Estava rosnando, mas não sentia nada. Branca de Neve de repente percebeu que não era apenas o exterior que distinguia os animais de seu mundo dos animais desse outro lugar.

Só que percebeu tarde demais, porque, sem aviso, a criatura saltou sobre ela, e Branca de Neve mal teve tempo de se proteger com os braços.

O som duro do metal batendo na rocha irrompeu ao seu redor. Um jovem se colocara na frente de seu corpo, bloqueando o avanço da criatura, com a espada pressionada contra a cabeça sólida do animal. Ele a afastou com um empurrão forte.

— Pare! — Branca de Neve ordenou enquanto ele brandia a espada. — Não o machuque! — ela gritou enquanto ele brandia novamente.

O jovem ignorou suas súplicas, afastando a criatura dela e seguindo em direção às árvores a cada golpe, até que o lobo finalmente gemeu e recuou para as profundezas da floresta.

— Você poderia ter espantado a pobre criatura sem machucá-la — disse Branca de Neve, lançando um olhar fulminante para o jovem de costas para ela, arfando de seus esforços.

Ele não respondeu. Em vez disso, deu um passo à frente, olhando para a criatura, como se quisesse ter certeza de que não voltaria. Tinha pretendido salvá-la de uma situação obviamente perigosa; isso estava claro, mesmo que ela não tivesse apreciado seus métodos. Ainda assim, parte dela estava pronta para correr se fosse necessário. Primeiro a flor, depois o lobo, agora...

Mas, quando o jovem se virou na sua direção, ele não era feito de pedras preciosas e ângulos afiados. Sua pele era de um marrom-profundo, e ela podia dizer que seu cabelo, embora cortado rente ao couro cabeludo, cresceria em cachos se não estivesse aparado. Ele usava botas pesadas e luvas sem dedos, e sua túnica de couro estava gasta, mas era resistente. Era uma pessoa, de carne e osso, assim como ela.

Ainda assim, se tudo o mais — incluindo plantas e animais — estivesse querendo matá-la, como ela poderia ter certeza de que podia confiar naquele jovem?

No entanto, à medida que ele se aproximava, ela sentia uma onda de alívio envolvendo-a, mesmo que significasse apenas que ela não estava sozinha naquele lugar estranho.

No entanto, quando o jovem enfim a olhou com atenção, deu um suspiro pesado, parecendo derrotado.

— Ah, que maravilha — ele disse, embora seu tom implicasse o oposto das palavras. — Outra princesa.

Branca de Neve encarou o jovem por um momento, tentando avaliar se aquela interação estava realmente acontecendo. Afinal, depois de tudo o que havia testemunhado, uma pessoa comum parecia algo estranhamente anormal.

Além disso… o *que* ele acabava de dizer?

— P-perdão? — ela gaguejou.

— Você parece uma filha de nobres — ele respondeu, e soou mais como uma acusação que um comentário. — Você já trabalhou algum dia na sua vida?

Apesar das palavras, ele estendeu a mão para ela, como se fosse algum tipo de cavalheiro tentando ajudá-la a se levantar. Belo cavalheiro, sim! *Ele* não era filho de nobres — disso ela tinha certeza. Na verdade, Branca de Neve havia conhecido ladrões que se comportavam melhor. Ela recusou a ajuda dele por princípio, impulsionando-se para ficar de pé, apesar da dor nas costas por ter caído.

— Já fiz meu quinhão de trabalho, muito obrigada — ela respondeu, com firmeza. Afinal, depois da morte de sua mãe e da partida de seu pai, a Rainha a havia transformado em nada mais que uma serviçal da casa, embora talvez os próprios criados fossem tratados melhor do que ela tinha sido.

— Tudo o que quero dizer é que viver aqui exige muito trabalho físico — continuou ele —, e não há exceções especiais para princesas. Você vai fazer o trabalho pesado, assim como o restante de nós. — Mais uma vez ele disse a palavra *princesa* como se não respeitasse muito o título, pelo menos no que tangia àquele lugar. A espada brilhou quando ele a embainhou, reluzindo no sol da tarde. Não era uma espada de metal comum, e sim parecia esculpida em diamante sólido. — Mas, é claro, você é uma estrela cadente, então não sabe. A gente vai fazer você se ajustar rapidinho. — Ele a examinou novamente com uma expressão cética no rosto. — Assim espero.

— Uma estrela cadente?

— Como se as estrelas tivessem te deixado cair aqui. — O jovem olhou ao redor com cuidado. — Vamos andar enquanto conversamos, está bem? — E ele partiu sem esperá-la.

Branca de Neve hesitou, ponderando suas opções — ficar ali, correr o risco de encontrar outro lobo e possivelmente ser devorada ou seguir aquele jovem bastante irritado e ser levada para quem sabia onde? A decisão não demorou, embora ela desejasse ter opções mais atraentes. Era melhor arriscar com ele que com outra daquelas criaturas. E, com isso, ela correu para alcançá-lo.

— O que você quer dizer com as estrelas me deixaram cair aqui? — ela perguntou. As pernas dele eram mais longas, e era necessário fazer o dobro do esforço para acompanhá-lo. — Acabei aqui quando mordi uma maçã. — Ao dizer em voz alta, ela percebeu que parecia bobo demais para ser verdade. Entretanto, no momento se encontrava em um mundo completamente feito de pedras preciosas, então qualquer coisa parecia possível. — Eu acho.

— Todo mundo cai aqui como uma estrela cadente. Foi assim que eu soube onde encontrar você. — Ele enfim a olhou de novo, com pouco ou nenhum sinal de bom humor, apesar de seu tom não ser completamente antipático, e ela então percebeu que talvez a expressão um tanto assassina dele fosse apenas seu rosto em repouso. — A propósito, eu sou Henry.

— Branca de Neve.

Henry fez uma pausa.

— Tudo bem, então *não* me diga seu nome verdadeiro.

— Esse *é* meu nome verdadeiro.

Ele ergueu uma sobrancelha com ceticismo e disse:

— Bem, eu suponho que não seja o nome mais estranho que ouvi aqui.

Branca de Neve puxou as saias para afastá-las de algumas flores espinhosas.

— E onde exatamente é *aqui*?

Henry riu de um jeito um pouco amargo e balançou a cabeça.

— Então você disse que mordeu uma maçã? No meu caso foi uma delícia turca. A Rainha nos enfeitiçou.

— A Rainha? — E, de repente, as pedras preciosas faziam sentido. A Rainha era obcecada por aquelas pedras. Sua beleza, sua perfeição. Criá-las era parte da magia maligna que ela possuía.

Ou talvez a magia não fosse tão maligna quanto a pessoa que a possuía.

Mas isso era a confirmação: a Rainha havia tentado, mais uma vez, se livrar dela. Só que, se alguém quisesse a opinião de Branca de Neve, não demoraria demais para a Rainha tentar de novo.

— Não precisa de muito, na verdade — disse ele, balançando a cabeça outra vez. — A menor ofensa e, se ela quiser, ela envia nosso subconsciente para cá. Para Diamant.

— Subconsciente? — Branca de Neve alisou seu vestido, sentindo as fibras macias, as costuras trançadas. Então olhou para o furinho em seu dedo, que não sangrava mais, mas ainda doía um pouco e estava rosado ao redor. — Tudo parece tão real.

— Nossos corpos ainda estão dormindo em algum lugar do mundo real. Eu só sei disso porque minha irmã, Tabitha, cuidou do meu corpo adormecido antes de ela... *ofender* a Rainha. — Ele hesitou antes de acrescentar: — Você vai conhecê-la também.

Eles continuaram, com Branca de Neve andando com cuidado para não tropeçar em pedras salientes. A ideia de beleza da Rainha certamente era cruel.

— Então, o que você fez à Rainha para acabar aqui? — perguntou Henry, sem muita curiosidade. Devia ser uma pergunta que ele fazia a todos que resgatava. — Ou o que você *não* fez?

Branca de Neve suspirou, lembrando-se da maldade que a Rainha ordenara ao Caçador — e, mais tarde, aos seus próprios soldados.

— Nada. Eu só... existo.

— Parece certo — ele disse com um sorriso amargo.

— E você, Henry? O que te trouxe aqui?

— Meu pai rejeitou as investidas da Rainha. — Ele pareceu um pouco desconfortável. — Ela não mostrava ter qualquer tipo de afeto pelo meu pai... mas acha que pode ter tudo o que quer.

Com a menção ao pai dele, Branca de Neve pensou no seu próprio — no que tinha descoberto a respeito dele logo antes de morder a maçã. Sobre como todas as suas esperanças de encontrá-lo, de recuperarem o reino juntos, de ela vê-lo novamente tinham sido riscadas da existência. Sobre o que a Rainha fizera com ele.

— Que terrível.

— Eu era o único filho, então suponho que ela achou que seria uma vingança à altura por ter sido desprezada.

— Ela é pior do que eu imaginava.

Não seja desonesta, pensou Branca de Neve, repreendendo a si mesma. *Você sabe como ela é terrível.*

— Isso nem é o pior — continuou ele. — Quando chegarmos ao vilarejo, pergunte para minha irmã como ela veio parar aqui.

Branca de Neve se encolheu. Depois de ouvir a história, parte dela não queria saber.

— Ai! — Ela se afastou da beira do caminho, esfregando a panturrilha e franzindo a testa para a lâmina que a tinha arranhado. Quando olhou para Henry, ele parecia mais do que um pouco irritado, revirando os olhos enquanto parava de encará-la para estudar o horizonte. Certamente não poderia culpá-la por não entender aquele mundo, tendo ele mesmo acabado de chegar. — Essa grama de esmeralda deve causar muitos problemas.

— Na verdade, a grama é de jade — corrigiu ele. Henry seguiu em frente, sem se preocupar em esperar Branca de Neve. Ela o alcançou. — As folhas das árvores são esmeraldas. Os troncos são olho-de-tigre, e as flores variam de diamantes a ametistas e a quartzo-rosa. Os lobos são... bem, os lobos são algo diferente. — Ele deu de ombros, sorrindo um pouco enquanto ela arregalava os olhos para ele. — Eu trabalhei muito com pedras preciosas.

— Incrível!

— Quer dizer, era conhecimento necessário para minha profissão.

— Você era mineiro? — Branca de Neve perguntou animada, pensando em seus amigos, que haviam ficado em sua terra.

Ele olhou de soslaio para ela.

— Não.

— O que você fazia?

Ele hesitou por um instante e, de repente, a luz que tinha iluminado seus olhos se apagou.

— Não importa mais — ele respondeu e continuou em frente.

Henry não falou muito depois disso. Continuaram sua caminhada na trilha quase plana, apenas parando uma vez, quando um bando de grous feitos de lápis-lazúli voou muito perto da cabeça de Henry e Branca de Neve, forçando-os a se abaixar. No entanto, ela apreciou aquela única pausa, não porque estava cansada, mas porque as aves azuis eram lindas. Havia momentos para valorizar naquele lugar estranho, mesmo que nada daquilo devesse existir.

A água está como deveria ser, pelo menos, ela pensou enquanto Henry a conduzia por uma ponte feita de pedra preta. Era bom saber que poderia enfim beber alguma coisa, mesmo que as plantas e os animais não fossem comestíveis.

Continuaram a caminhar pelo que pareciam ser quilômetros enquanto o sol ia baixando e baixando, o que preocupava Branca de Neve mais do que as criaturas. Nem sequer podia começar a imaginar o que usariam para construir uma fogueira ou um abrigo se a noite caísse e tivessem de passá-la na natureza fria e pétrea.

Branca de Neve achou que já sabia como era ficar de pé o dia todo e tinha passado os últimos dias no mundo real na floresta, escapando das tentativas da Rainha de matá-la com a ajuda de seus amigos. Isso, em contrapartida, era extenuante, a ponto de ela jurar que seus pés estavam com bolhas e sangrando. E, quando já havia chegado a esse ponto, continuaram andando ainda *mais*. Sentia-se grata por, àquela altura, ter se dissociado completamente de seus pés, que pareciam se mover sozinhos, sem que ela sentisse nada.

Apesar de todas as preocupações, não pôde deixar de notar o quanto o pôr do sol era encantador. Era bonito na sua terra também, no mundo desperto, mas ali cada pedra brilhante captava a luz, refletindo-a e regozijando como um jogral. Tinham parecido adoráveis antes, mas agora cintilavam em todas as tonalidades e matizes, como se salpicadas na tela por um pintor com o movimento rápido de um pincel. Como a luz de arco-íris de uma estrela. Parecia mágico, mesmo que fosse apenas luz.

Por fim, Henry apontou para a frente e disse:

— Chegamos.

Mais adiante, logo além das árvores, havia um alto muro preto que parecia ser feito de algo como granito, e Branca de Neve sentiu-se grata pela visão. O sol mergulhava abaixo dele agora, o leve frio da noite se instalando, e ela estava exausta. E, embora ainda não pudesse ver o que havia lá dentro, sabia que devia ser mais seguro que o que existia ali fora.

Pelo menos foi o que ela achou até ver, sustentada por dois postes, uma placa gigante que dizia em letras vermelhas grandes: *Bem-vindo a Diamant: onde o sonho dela é o seu pesadelo.*

Branca de Neve olhou para Henry, que revirou os olhos.

— Quanto mais tempo você estiver aqui — disse ele, franzindo a testa —, mais descobrirá que algumas pessoas têm um espírito que nem liga para o fato de seu subconsciente estar eternamente preso em um mundo estranho. — Ele abriu um grande portão esculpido diretamente no muro imponente. Parecia ser a única entrada ou saída. — Se fosse você, eu evitaria essas pessoas a todo custo.

Branca de Neve mal podia acreditar no que via. A fauna e flora feitas de pedras preciosas já tinham sido fantasia mais do que suficiente para sua mente assimilar, mas isso? Ela olhou para as cinquenta ou mais casas dispostas ao redor de uma praça aberta cheia de pessoas. No centro, um grande poço feito de pedra preta cintilante sobre três plataformas, uma em cima da outra, formando um conjunto de três degraus circundando-o. O aparato que sustentava o balde consistia em dois postes grossos unidos sobre o poço, formando um triângulo. Tinha a aparência de um monumento, mais que apenas um poço, então era adequado que fosse localizado bem no centro da praça do vilarejo.

O lugar era notável. Tudo era esculpido em pedras preciosas, mas os cortes irregulares de lapidação ali claramente tinham sido feitos por mãos humanas em vez de magia. Essa façanha tornava o lugar ainda mais incrível que as florestas cruéis que os circundavam. E inspirador, de certa forma. Saber como esses aldeãos eram engenhosos fazia Branca de Neve ter esperança de que encontrar um caminho de volta para casa não seria tão difícil quanto imaginava.

E ver tantas pessoas naquele lugar — pessoas como ela — andando por ali, socializando... Por mais felizes que parecessem, a cena fez sua garganta se apertar de emoção. Todas elas tinham sido enfeitiçadas pela Rainha — a Rainha que agora mantinha seu reino refém, governando sem bondade ou misericórdia. Branca de Neve sentiu uma onda de tristeza pelo fardo das pessoas presas ali... tristeza que rapidamente se transformou em determinação.

Precisava voltar para casa e resolver aquilo — logo. A questão era como.

— Henry está de volta com a estrela cadente! — alguém exclamou de longe, e Branca de Neve se assustou quando as pessoas na praça começaram a cercá-los com sorrisos alegres.

Que alívio encontrar pessoas amigáveis. Viajar com Henry por tantas horas já estava fazendo-a imaginar que tipo de temperamentos ela enfrentaria com o resto do vilarejo.

— Quem é você? — alguém perguntou.

— O que você fez para estar aqui? — perguntou outro.

— Ela é bonita. Deve ser isso. A Rainha odeia não ser a mais bonita no recinto.

— Bem-vinda a Diamant!

— Nossa, esse é um vestido bem amarelo!

— Qual é o seu nome?

A enxurrada de perguntas fez Branca de Neve virar a cabeça em todas as direções. Não sabia por onde começar. Sem mencionar que ela mesma tinha muitas perguntas a fazer. Se quisesse descobrir um caminho de volta, precisava aprender mais sobre o lugar chamado Diamant.

— Que tal deixá-los respirar primeiro? — Uma jovem, talvez um pouco mais velha que Branca de Neve, abriu caminho na multidão, uma picareta em mãos. Branca de Neve pensou em seus sete amigos e instantaneamente sorriu. — Podem dar um pouco de espaço para eles? — disse a jovem, com ar de autoridade. — Estou falando sério. — Ela parou na frente de Henry e encontrou seu olhar. — Você está bem.

Henry beijou a testa dela — um gesto tão carinhoso vindo de alguém que havia sido tão indiferente com Branca de Neve instantes antes.

— Claro que estou, Tab.

Branca de Neve ficou impressionada com o quanto eles se pareciam — ambos altos e elegantes, com a mesma bela pele marrom-escura e olhos castanhos reluzentes como joias. Ela não podia ver muito do cabelo da jovem, pois estava envolto em um lenço cor de safira, mas alguns cachos soltos se destacavam. Não poderiam negar que eram parentes nem se quisessem.

Tabitha de súbito deu um tapa na testa de Henry. Branca de Neve rapidamente cobriu a boca com a mão, contendo um riso surpreso.

— Ai! — rosnou Henry, esfregando o local e fazendo uma careta.

— Da próxima vez — disse Tabitha, colocando as mãos na cintura com um olhar severo —, me diga para onde você está indo antes de simplesmente sair correndo.

— Eu disse que ia buscar uma estrela cadente. Você deve estar precisando limpar os ouvidos.

— Não, você disse "eu volto já" e depois desapareceu por mais de quatro horas.

— Dá na mesma.

Tabitha lançou um olhar furioso para Henry antes de balançar a cabeça e sorrir.

— Lido com você mais tarde.

Ela se virou para Branca de Neve e a analisou pela primeira vez. Tinha olhos intensos, assim como o irmão. No entanto, sua intensidade diferia da de Henry. Os olhos dele eram resguardados e irritadiços. Os dela absorviam com confiança o que havia na sua frente enquanto avaliava a situação. Havia neles, porém, uma paciência inegável que dizia a Branca de Neve que a mulher não tinha más intenções. Um pequeno sorriso agraciou seus lábios.

— Você vem comigo. — Ela pegou a mão de Branca de Neve e a conduziu para fora da multidão. Todos continuaram a fitar enquanto elas passavam, tão fascinados por Branca de Neve quanto ela por Diamant.

Quando estavam fora da praça do vilarejo, Tabitha soltou a mão de Branca de Neve.

— Já faz um tempo desde a última estrela cadente — ela disse. — Não temos muita emoção por aqui. Você consegue perceber?

— Todo mundo é muito amigável — respondeu Branca de Neve.

— Somos todos uma grande família, mas não significa que eles devam ficar de aglomeração. Infelizmente, alguns estão aqui há tanto tempo que esqueceram os bons modos.

As duas seguiram pelo labirinto de casas de pedra, que eram separadas umas das outras por pequenos becos. Era um pouco como uma rede, conectando todos; aquele parecia ser um lugar onde ninguém nunca era excluído da vida diária. As casas eram todas individuais em forma, como se esculpidas por uma comunidade de mãos. Branca de Neve gostava da imperfeição ali; era a prova de que a Rainha não tinha nada a ver com sua construção. Aquelas não eram criações mágicas para serem usadas contra as pessoas mantidas reféns ali. Não, aquilo era rebeldia — um sinal de que as pessoas haviam assumido o controle de seu destino nas próprias mãos, gostassem ou não da Rainha. E isso deu a Branca de Neve mais esperança do que nunca.

Todas as pessoas em Diamant pareciam se dar maravilhosamente bem, o que fazia Branca de Neve lembrar-se de sua infância, da comunidade unida que era seu reino, de seu povo. Ter tantas pessoas em quem confiar era um pensamento bonito, mesmo que ela não pudesse se dar ao luxo de permanecer lá por muito mais tempo. Isso a fez pensar em seus amigos, no reino onde vivia, que estavam contando com ela. Seus sete amigos, que a haviam recebido tão generosamente em sua casa. Os ladrões, que haviam arriscado a vida para salvá-la dos soldados da Rainha. E Jonathan, líder dos ladrões... Seu coração dançava só de pensar nele.

— Desculpe, não cheguei a perguntar seu nome — disse Tabitha, chamando a atenção de Branca de Neve de volta para ela.

— É Branca de Neve — respondeu, preparando-se para a reação usual.

Tabitha pareceu surpresa, mas de um jeito agradável.

— Que original.

— Henry disse algo parecido — observou Branca de Neve. Não mencionou que Tabitha estava sendo um pouco mais educada que ele no comentário.

Como se lesse a mente de Branca de Neve, Tabitha disse:

— Espero que ele tenha sido gentil com você. Diamant o transformou um pouco em um animal selvagem.

— Ele teve seus momentos — disse Branca de Neve, e Tabitha fez uma careta desaprovadora. — Mas tinha boas intenções.

— Esse garoto é leal e galante até o fim — disse Tabitha —, mas às vezes demonstra as habilidades sociais de uma pedra.

Talvez sim, mas Branca de Neve sentiu um quentinho por dentro ao se lembrar de como Henry cumprimentara calorosamente a irmã. Havia pessoas doces como aquelas esperando-a em seu reino também.

Entraram em uma pequena casa, e o interior fez Branca de Neve perder o fôlego. O exterior era de pedra áspera como o restante, mas o interior brilhava e tinha a vibrante cor de violeta; provavelmente teria sido translúcido se não houvesse o exterior rochoso. Todas as paredes e bancadas pareciam ter sido esculpidas de uma pedra grande, polidas e conectadas, reluzindo como um céu estrelado.

— Não é lindo? — disse Tabitha, com orgulho. — A maioria das casas é esculpida em granito, como o muro que cerca o vilarejo, mas Henry esculpiu a minha de um geodo. Eu amo ametista, você não?

— É lindo — exclamou Branca de Neve, passando a mão sobre uma mesa polida.

— Pode ser uma das menores casas, mas é a mais bonita. Por favor, sente-se, sinta-se em casa. — Tabitha pendurou a picareta em um gancho na parede. — Vou fazer um escalda-pés com sal de rocha. Seus pés devem estar te matando.

— Eles estão, um pouco, agora que a adrenalina daquela caminhada passou — disse Branca de Neve, ainda olhando em volta da casa, maravilhada, antes de se acomodar em um assento esculpido.

— Sempre tento manter algumas brasas quentes quando sei que Henry está fora, caso ele precise. E ele *sempre* precisa. — Tabitha jogou um pouco de sal em uma tigela de pedra e a colocou no chão enquanto Branca de Neve tirava os sapatos. Ela pegou a chaleira sobre as brasas e despejou água fumegante. — Não está fervendo, mas espere um instantinho para não queimar sua pele.

— Muito obrigada por isso, Tabitha. Por tudo.

— Imagina, não é incômodo algum. Estou muito feliz que você esteja aqui.

Branca de Neve não sabia como responder. Ela não disse que *não* estava feliz por estar ali. Porque ela *estava* ali, e até encontrar um jeito de voltar para casa, permaneceria ali. Portanto, Branca de Neve supôs que, nas circunstâncias, era muito melhor fazer amigos.

Na opinião de Branca de Neve, *sempre* era muito melhor fazer amigos.

Ela mergulhou os pés na bacia. A água ainda estava um pouco quente demais, mas a sensação era boa contra o leve frio da noite que vinha chegando. E seus pés estavam *precisando*. O calor já a estava distraindo da dor, e em breve o sal cuidaria disso. Era a coisa mais agradável que ela experimentava em algum tempo.

— Você também pode tomar um banho — disse Tabitha, lavando as mãos em uma pequena bacia. — Posso mostrar onde é depois que terminarmos seus pés.

— Não, obrigada. Estou bem — disse Branca de Neve. — Mas adoraria um copo com água, por favor.

Tabitha riu.

— Ah, é verdade, esqueci. Sua mente ainda não se adaptou ao nosso mundo.

Branca de Neve viu algum movimento pelo canto do olho, e a memória do lobo a fez virar a cabeça para olhar. Seu coração acelerou com o pensamento de ver outra criatura, mas tudo o que viu foi um pouco de cabelo escuro que rapidamente desapareceu atrás de uma parede. *Muito...*

— Estranho.

— Vai parecer estranho até você se acostumar. Seu corpo físico precisava de comida e bebida, mas tudo o que sua mente inconsciente precisa é de um bom sono.

Branca de Neve mexeu os dedos dos pés, o movimento muito menos desconfortável que antes. O sal estava funcionando.

— Mas ainda sentimos dor? — ela perguntou, curiosa.

— Cruel, não é? — Tabitha sorriu. — Os perigos aqui são muito reais. Se você morrer em Diamant, bem... você nunca acordará no mundo real.

Branca de Neve fez uma careta. Era um detalhe que ela nunca tinha pensado em perguntar, mas bastante horrível considerar. *Então não considere*, pensou, determinada. *Apenas encontre um jeito de voltar para casa.*

Branca de Neve viu o movimento outra vez e, quando olhou rapidamente, notou dois olhos castanhos piscando no canto. Eram de uma menininha. Branca de Neve sorriu, mas a menina correu para longe.

— Essa é a Mouse — disse Tabitha. Então, abriu um grande barril de pedra, de onde começou a pegar carvão e colocar em um balde. — Ela é um pouco tímida com estranhos, mas logo vai se acostumar com você.

O coração de Branca de Neve deu uma pequena afundada.

— Crianças tão pequenas acabam em Diamant? Que terrível.

— Felizmente, ela é a única.

— De quem ela é filha?

— De ninguém aqui. É raro que parentes acabem em Diamant. Henry e eu somos uma das poucas exceções. — Ela olhou para o local onde a menina estava espiando e abaixou a voz. — Ela foi a primeira habitante de Diamant. Está presa aqui há mais tempo que qualquer um. Décadas. Ela nunca fala sobre isso, e quem poderia culpá-la?

Branca de Neve não conseguia nem imaginar ficar uma semana presa lá, quanto mais décadas. Ela pensou nas coisas que alguém perderia na vida real enquanto os anos passavam.

Casamentos e funerais. Famílias e amigos. Todos continuariam seguindo em frente enquanto a pessoa infeliz dormia a vida inteira.

Enquanto *Branca de Neve* dormia a vida inteira... e deixava seu reino para trás.

— Você é bem-vinda para ficar comigo pelo tempo que quiser — disse Tabitha. Ela levou o balde de carvão até a mesa onde Branca de Neve estava sentada e o colocou lá; depois, sentou-se diante dela. — Mouse gosta de perambular entre as casas, e já faz um tempo desde que morei com alguém da minha idade.

— Seria bom passar a noite, obrigada, mas depois preciso encontrar um jeito de voltar para casa.

Tabitha a olhou com compreensão.

— Eu sei que é difícil, ainda mais porque você acabou de chegar, mas vai ser muito mais fácil se você se acostumar com a ideia de que este é o seu lar agora.

— Oh, não, eu não posso ficar. Meu reino precisa de mim.

— Seu reino talvez precise recrutar mais alguém para ajudar, Branca de Neve.

Tabitha não disse aquilo por mal, mas Branca de Neve nem conseguia pensar nessa possibilidade. Era o seu reino. Sua responsabilidade.

A irmã de Henry olhou para as mãos recém-lavadas e depois tirou a poeira de carvão delas.

— Então, como você veio parar aqui?

Branca de Neve suspeitava de que esse seria um tópico sobre o qual conversaria com todo mundo que conhecesse.

— Virei um obstáculo no caminho dela — respondeu, percebendo um segundo depois que era uma resposta diferente da que ela tinha dado a Henry, mas talvez fosse mais precisa.

— Ah, puxa — disse Tabitha. — É quase a mesma coisa que aconteceu comigo, só que *ela* era um obstáculo no *meu caminho*, e pisei na barra do vestido dela. Eu nem a fiz tropeçar, mas suponho que ela leve a ponta do vestido que arrasta na terra *muito a sério*.

Branca de Neve nunca ouvira algo tão ridículo e horrível ao mesmo tempo, e sua mente estava indecisa sobre para qual das duas deveria pender.

Mas então Tabitha começou a rir, e isso fez Branca de Neve sorrir.

— Sua água esfriou? — perguntou ela, recuperando-se do riso.

Branca de Neve olhou para os pés; ela nem percebeu que os havia tirado da água.

— Sim, e estão muito melhores.

— Ótimo. Então me deixe mostrar seu quarto. — Tabitha segurou o balde e levou Branca de Neve ao virar por uma passagem no canto para outro cômodo, de tamanho semelhante àquele em que estavam. Havia um pequeno aquecedor de pedra no canto, e Tabitha se agachou e começou a enchê-lo com carvão do balde.

— Costuma esfriar à noite aqui, então, se você começar a sentir um pouco de frio, pode acender isto. Ou encher o aquecedor ali e colocá-lo no pé da cama.

— Obrigada — disse Branca de Neve. Então, porque a pergunta a estava incomodando, ela a verbalizou: — Tem certeza de que não há qualquer maneira possível de voltar?

Tabitha suspirou.

— Se você realmente quer saber, existem duas maneiras de voltar. Bem... *na teoria*. A primeira é o beijo do amor verdadeiro.

Branca de Neve franziu o nariz. Era romântico, com certeza, mas impossível, dadas as circunstâncias do sono encantado em que se encontravam.

Tabitha bufou.

— Acredite em mim, todo mundo sabe como isso parece não corresponder à realidade.

— Qual é a outra maneira? — perguntou Branca de Neve.

Tabitha roeu a unha do dedo indicador por um momento.

— Segundo a lenda, Diamant foi criada quando a Rainha era muito jovem e estava aprendendo a dominar suas habilidades. Ela ainda não entendia as regras da magia ou o fato de que cada feitiço requer equilíbrio.

— Equilíbrio? — Branca de Neve indagou.

— Isso mesmo. Mesmo que a Rainha quisesse criar um lugar maligno, a magia do bem ainda existe. É por isso que o Coração de Rubi está aqui: é um objeto que pode conceder um desejo de voltar para casa.

Branca de Neve deu um suspiro de espanto.

— Então *existe* magia do bem neste mundo. — Ela sabia! Ela sabia que devia haver uma maneira de voltar para casa. Onde há um problema, sempre há uma solução.

— Tem que haver — disse Tabitha. — Como eu disse, os feitiços exigem equilíbrio. A Rainha queria apenas maldade no mundo dela, mas, como se recusou a fazer qualquer concessão, a magia fez esta concessão por ela: o bem para equilibrar o mal que ela fez.

— Isso é incrível. É como um pouco de esperança no meio da escuridão.

Tabitha deu de ombros.

— Quanto a isso, não sei bem. Porque, como você pode imaginar, a Rainha ficou furiosa quando percebeu o que o Coração de Rubi poderia fazer. Ela pretendia destruir o Coração e toda esperança com ele, mas, sempre que ela tentava, os esforços exauriam sua magia e ela só conseguia quebrar alguns fragmentos pequenos. Por esse motivo... ou assim diz a lenda... em vez de tentar destruí-lo, ela simplesmente o tornou quase impossível de alcançar. Não só nós precisamos superar três provações, como ela também encantou a terra com armadilhas. Isso sem mencionar que todas as criaturas deste lugar são servas dela. Elas refletem a intenção maligna da Rainha.

Branca de Neve não precisava ser lembrada de seu encontro anterior. Se isso fosse apenas o começo do que ela enfrentaria... Ela estremeceu com a ideia.

Ainda assim...

— A magia do bem sempre vai triunfar sobre o mal — disse Branca de Neve. — O Coração de Rubi vai funcionar. Tenho certeza disso.

Tabitha a observou com um pouco de preocupação.

— Ah, Branca de Neve... isso são apenas lendas, sabe. Eu não acho que tenha uma maneira de sair daqui de verdade. A menos que a Rainha morra, talvez. — Ela tirou mais poeira de carvão das mãos. — Está quase anoitecendo agora, e tenho certeza de que você está cansada. Vou te deixar descansar.

Branca de Neve queria fazer mais perguntas... mas, se Tabitha não acreditava nas lendas, talvez não fosse a pessoa certa a quem pedir mais detalhes. Além disso, fora um dia longo, e ela estava um pouco cansada.

— Obrigada por tudo, Tabitha.

— Imagina, não foi nada — disse Tabitha, sorrindo, enquanto saía do quarto. — Boa noite, Branca de Neve.

— Boa noite.

Branca de Neve olhou ao seu redor pelo quarto. O som de um martelo batendo em um cinzel chamou sua atenção do lado de fora. Ela espiou pela janelinha. As casas eram todas tão próximas, mas parecia haver uma área descampada, onde havia algo como uma fornalha, que lançava luz alaranjada nas casas escuras ao redor.

Havia também uma bancada de trabalho, com um homem sentado lá, esculpindo algo. Parcialmente iluminado pela fornalha e parcialmente encoberto pelas sombras, ele fabricava alguma espécie de ferramenta com uma pedra preciosa dura. Então, era de lá que a picareta de Tabitha e a espada de Henry tinham vindo. Branca de Neve supôs ser bobo pensar que aquelas coisas simplesmente existiam ali, mas não imaginava que alguém precisaria construí-las. Era fascinante de assistir.

Mas foi só quando ela viu Tabitha sair com uma bacia fumegante — aquela em que tinha deixado seus pés de molho — que Branca de Neve percebeu que o homem trabalhando era Henry. Quando ele e Tabitha estavam juntos, mesmo iluminados apenas pela fornalha, ficava mais claro do que nunca que eram parentes. Agora que Branca de Neve estava realmente prestando atenção, notou que eles eram até da mesma altura. No entanto, ao mesmo tempo, eram completamente opostos. Enquanto Tabitha era o sol, Henry era a nuvem de tempestade.

Parecia que Tabitha o estava repreendendo por alguma coisa. Ele esfregou com nervosismo a parte de trás do pescoço enquanto um sorriso se formava em seus lábios. Era bom vê-los juntos. Branca de Neve era filha única, mas imaginava que fosse especial ter alguém que a amasse incondicionalmente — mesmo que irmãos parecessem dar uma canseira um no outro e se provocar com frequência. De repente, Henry ergueu os olhos e encontrou o olhar de Branca de Neve. Ela fechou rapidamente as venezianas e respirou fundo. Uma onda de constrangimento tomou conta de suas bochechas. Não deveria estar observando os dois.

— Hora de dormir — murmurou.

Branca de Neve fez uma careta ao se jogar rápido demais na cama de pedra lisa. Enrolou as saias debaixo dela para ficar mais fofo enquanto se deitava de lado. Ia levar um bom tempo para se acostumar àquele lugar. E, mesmo enquanto pensava nisso, percebeu que parte dela ainda não conseguia assimilar que estava lá, em Diamant. Em um mundo criado pela Rainha, feito apenas de pedras preciosas de todos os tipos, cruel mesmo em sua beleza. Era estranho e mordaz, e ela não queria pensar nisso. Ainda assim, precisava... Ela precisava reconhecer tudo para encontrar uma saída.

Segurou o camafeu que usava e imediatamente pensou em seu pai. O que ele faria em uma situação como aquela? Ela não era nem de longe tão justa, corajosa e verdadeira quanto ele, mas sabia que ele faria tudo o que pudesse para voltar para casa. Não ficaria apenas deitado, esperando, enquanto seu reino e seus amigos estavam em perigo.

Mas ela não era seu pai nem tinha certeza se algum dia poderia ser. Não com as probabilidades que pareciam estar tão contra ela como estavam.

Ainda assim, tinha que tentar.

O Coração de Rubi poderia muito bem ser uma lenda, mas, naquele momento, era a única esperança que ela tinha de voltar para casa. A ideia de passar por provações a aterrorizava, porque ela sabia que, se a Rainha tivesse alguma participação, as provas seriam tão terríveis quanto o lobo. Às vezes, porém, as coisas mais difíceis eram as mais importantes, e Branca de Neve tinha que fazer tudo o que estivesse ao seu alcance para voltar para casa e proteger seus amigos do que quer que a Rainha estivesse planejando.

Apesar de tudo isso, por enquanto, precisava dormir. Teria o dia seguinte para decidir seu próximo passo, quando seu corpo estivesse descansado e sua mente, clara. Talvez então soubesse o que fazer. A longa caminhada até o vilarejo a tinha deixado exausta, e, com as brasas quentes para mantê-la aconchegada, foi encontrando seu sono e adormeceu.

Branca de Neve mergulhou em um daqueles sonhos em que sabemos que estamos sonhando, mas não conseguimos fazer muito a respeito. Ela sabia, porque estava ajoelhada diante de Jonathan, o charmoso ladrão que salvara sua vida — e ela a dele — em mais de uma ocasião. Mesmo se lembrando de que era apenas um sonho, ela tocava o cabelo castanho-claro dele; precisava, mais que qualquer coisa, saber se ele era real. E eis que o cabelo parecia cabelo. Até mesmo tinha cheiro familiar e reconfortante, como grama, cedro, outras coisas naturais — coisas naturais que ela nunca encontraria em Diamant.

Ao se dar conta de onde estava, viu uma forte luz alaranjada. Ela e Jonathan se levantaram em um salto. Ao longe, estava o reino de Branca de Neve… em chamas. O fogo queimava como o sol, violentamente quente e ofuscante, lambendo o céu ao soltar uma fumaça preta. E, naquela fumaça cheia de fuligem, estava um par de olhos castanhos e brilhantes, da cor de quartzo esfumaçado.

— Você não pode proteger seu reino de mim — a voz da Rainha gritou da nuvem de fumaça. — Nem mesmo pode proteger seu ladrãozinho.

O coração de Branca de Neve afundou, e, quando ela se virou para olhar para Jonathan, ele não era mais real, feito de carne e osso. Em vez disso, estava imóvel, congelado em sua pose, olhando para o reino de Branca de Neve em chamas... seu corpo feito inteiramente de diamante sólido. Não como os lobos de Diamant, que tinham órgãos funcionais, que podiam se mover, respirar e rosnar. Jonathan não passava de uma estátua. Nada mais.

A Rainha riu de seu pequeno truque. Era um som perverso e impiedoso que fez calafrios percorrerem os ossos de Branca de Neve.

— Garotinha tola! — gritou a Rainha. — Você não consegue nem salvar a si mesma.

De repente, pedras preciosas começaram a envolver os pés de Branca de Neve e a subir por seu corpo, provocando estalos violentos à medida que cresciam e se expandiam. E doía; cada centímetro de pele que cobriam pulsava com uma dor lancinante. Ela sentiu vontade de gritar.

— Isto é um sonho — disse Branca de Neve, mas não conseguia acordar, não importava o quanto lutasse para alertar seu corpo. — É apenas um sonho...

As pedras foram de rastejar a consumir, agarrando-se e subindo por seu corpo, por toda ela, com violenta determinação de engoli-la por completo...

Um pequeno toque no ombro de Branca de Neve a despertou de um sono agitado, de seu pesadelo. Seus olhos se abriram e ela entrou em pânico, por um momento imaginando uma figura muito mais aterrorizante que o lobo — não tinha certeza se estava

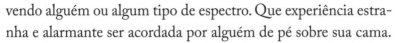

vendo alguém ou algum tipo de espectro. Que experiência estranha e alarmante ser acordada por alguém de pé sobre sua cama.

Mas, conforme seus olhos se ajustavam, ela percebeu que era a menininha, Mouse, de pé pairando acima dela.

— Ah! — Branca de Neve esfregou os olhos, escondendo o alívio atrás da mão. Nenhum monstro feito de pedras ou espectros. Nem mesmo a Rainha. Apenas uma menininha curiosa. — O que foi, Mouse? Não consegue dormir?

A menina se sentou na cama sem cerimônias; devia estar acostumada a dormir na pedra, porque não mostrou qualquer sinal de desconforto.

— Ouvi você conversando com Tabitha hoje. Como você estava chateada com seu reino. Sinto muito que não possa voltar para lá.

Branca de Neve ficou ligeiramente chocada ao ouvir a voz da menina — o que, ela supôs, era uma reação estranha; só porque alguém não falava não significava que não pudesse falar.

— Obrigada. É muita gentileza sua.

— Não quero que continue triste. Então, acho que você realmente precisa ver uma coisa agora.

— A esta hora? — Branca de Neve bocejou. Não estava ansiosa para tentar voltar a dormir e possivelmente cair em outro pesadelo, mas a ideia de sair à noite para um mundo cujas regras ainda não conhecia não era uma alternativa emocionante. Tinha aprendido depressa a não subestimar aquele lugar. — Eu poderia ver melhor à luz do dia, tenho certeza.

— Mas isso só acontece à noite. — Mouse sacudiu o ombro de Branca de Neve e, em seguida, pulou e dançou na ponta dos pés. — E não acontece todas as noites. Vamos logo, não queremos perder.

Ela agarrou o braço de Branca de Neve e a puxou, não lhe dando escolha senão segui-la.

— Você vai se sentir muito melhor quando vir — disse Mouse, conduzindo Branca de Neve para fora.

A noite estava ligeiramente fria, e Branca de Neve sentiu falta das brasas para aquecer seus pés. Ambas foram trançando entre as casas, todas escuras e ainda adormecidas. Mesmo a fornalha ao lado da qual Henry trabalhava anteriormente estava adormecida; nem sequer brasas restavam nas cinzas. A noite ali não soava como a noite em seu reino; não havia coaxar de sapos ou cantos de grilos, nenhum canto de pássaros entre árvores com folhas *de verdade*. Se Branca de Neve prestasse muita atenção, poderia ouvir a água escorrendo no poço até que estivessem longe da praça do vilarejo. Mas, além disso e dos ruídos que ela e Mouse faziam enquanto caminhavam, tudo estava completamente em silêncio.

Teoricamente, ainda estavam dentro das muralhas quando as casas se voltaram ao longo de um caminho cercado por árvores, permitindo aos habitantes da cidade que aproveitassem a experiência da floresta sem deixar a proteção que os rodeava. E foi então que Branca de Neve ouviu... música?

À frente, parecia haver luz de lanternas douradas, mas havia outras cores lá também, o mesmo efeito de vitral que ela tinha visto com as folhas. Sombras, fantasmagóricas, mas cheias de vivacidade e vida, dançavam contra a luz.

Assim que viu, Mouse exclamou:

— Aqui está! — E puxou a outra mais rápido.

Quanto mais perto chegavam, mais alto se tornava o som do ambiente, até que Branca de Neve foi engolfada pelos alegres sons de risos e cantos. Assim que chegou à beira das árvores, ela parou, apoiando a mão em um dos troncos para recuperar o fôlego que acabara de perder diante de tudo aquilo.

O céu era iluminado por cordões de lanternas penduradas em árvores e postes de maneira caótica, tão numerosas e brilhantes que bloqueavam as estrelas naturais. Abaixo, havia uma pista de dança quadrada, onde cerca de três dúzias de pessoas que se recusavam a dormir dançavam a noite toda. Mesas cheias de pessoas focadas nas próprias artes ou batendo palmas ao ritmo da música cercavam a área da dança. Todos pareciam felizes por estar ali e animados com as festividades.

Branca de Neve não pôde deixar de sorrir quando baixou os olhos para Mouse.

— Que maravilha! — ela exclamou alto o suficiente para ser ouvida acima da música.

Mouse retribuiu com um sorriso enorme.

— Vamos nos divertir!

As duas se apressaram ladeira abaixo para se juntar à festa. Havia algumas pessoas tocando instrumentos e, por um momento, Branca de Neve ficou parada e as observou dedilhando seus violões de cordas de tripa e batendo um ritmo animado em tambores de mão. Ela ansiava se juntar à dança, mas Mouse queria lhe mostrar tudo primeiro, então a puxou para uma mesa onde outros estavam fazendo joias e artesanato com pedras cintilantes.

— Viu? — disse Mouse. — Temos aí um pouquinho de diversão para todo mundo.

Branca de Neve passou os dedos por uma das peças acabadas — um colar feito de safiras.

— É tudo tão lindo!

— E ali tem gente brincando com jogos — disse Mouse, apontando. — O que você quer fazer primeiro?

Que decisão! Havia tantas atividades acontecendo que quase parecia um parque de diversões ou uma feira. Mas ela viu como os olhos de Mouse ficavam voltando para a mesa com as joias.

— Que tal fazer joias? — Branca de Neve sugeriu.

— Sim! — Mouse disse com tanto entusiasmo que Branca de Neve teve que sorrir.

Branca de Neve supôs que seria bom fazer algo durável... algo que ela poderia levar consigo para se lembrar daquela noite. Os poucos que estavam sentados ali as receberam com entusiasmo, dando-lhes espaço nos bancos para se sentarem.

Branca de Neve tinha feito joias quando era mais jovem, com papel e tecido ou linha e contas. Mas nunca em sua vida havia montado peças com pedras preciosas de verdade. As pecinhas já estavam pré-furadas, então tudo o que ela tinha a fazer era passar o fio fornecido. Havia safiras azul-vivo, opalas com o azul suave da casca de ovo, pedras tão azuis quanto o mar ou douradas como o topázio. Mas, quando Branca de Neve viu as pérolas, soube que eram exatamente as que ela queria. Pegou uma na palma da mão para admirá-la, observando-a brilhar na luz ao redor. Era simples e pequena, com uma beleza discreta e iridescente. Lembrou-a de sua mãe.

Do outro lado da mesa, Mouse enfiava suas pedrinhas de forma desordenada, sem motivo ou padrão para as cores ou os desenhos. Mas, quando Branca de Neve começou a passar suas pérolas no fio, ela o fez com cuidado, carinho. Uma parte sua sentia que esse colar era importante — mais que apenas uma coisa bonita para guardar. De alguma forma, era uma memória em si.

— Olhe para o meu, Branca de Neve! — Mouse exclamou, segurando sua variedade de pedras desparelhadas pelas duas extremidades de um fio.

— É lindo!

— Você pode amarrar para mim? — Mouse estendeu as duas extremidades para Branca de Neve sem esperar uma resposta, mas esta ficou feliz em ajudar. A menina virou-se de costas para

Branca de Neve, e mal permitiu a ela que amarrasse um nó antes de pular da mesa. — Pronta para jogar alguns jogos?

— Ainda não terminei meu colar.

— Por que está demorando tanto? — Mouse gemeu, deixando seu corpo murchar. — Ande logo, vamos perder tudo!

— Não faz sentido você esperar para se divertir — disse Branca de Neve, sorrindo com o entusiasmo de Mouse. — Vou encontrá-la depois de terminar.

— Tá! — Essa disposição pareceu fazer Mouse se sentir melhor, pois ela imediatamente despertou de seu estado abatido. — Nos vemos nas ferraduras. Vou jogar por horas!

Mouse correu, e Branca de Neve balançou a cabeça e voltou sua atenção para seu projetinho. Ela foi fazendo sem pressa, mesmo que Mouse estivesse esperando. A garotinha estava ocupada, de qualquer maneira, e não era certo apressar a alegria. Branca de Neve enfiou as pérolas, preenchendo o cordão. Quanto mais pérolas ela adicionava, mais reconfortada se sentia. Não tinha deixado muito espaço para amarrar as pontas, mas conseguiu dar um nó duplo.

Enfim, estava terminado. Branca de Neve colocou o colar sobre a cabeça e depois procurou um espelho para poder admirá-lo. Felizmente, havia um espelho em um poste próximo. Ela viu sua imagem tocar as pérolas. Eram realmente adoráveis, mas, de repente, ela se perguntou se deixariam de existir depois que acordasse.

Não seja tola, pensou. *Afinal, elas só existem na sua mente.*

— Ora, se não é nossa estrela cadente... — disse alguém atrás dela. Branca de Neve virou-se para ver Henry se aproximando. Seus braços estavam estendidos em saudação, e um sorriso genuíno esticava suas bochechas. — Bem-vinda à festa.

— O que deu em você, Henry? — perguntou ela, olhando-o com curiosidade. Mesmo que o conhecesse havia apenas metade de um dia, parecia tempo suficiente para julgar seu caráter. E Branca de Neve nunca o tinha visto tão feliz.

— Não faço a menor ideia do que você quer dizer — respondeu Henry, cruzando os braços e lhe lançando um olhar astuto.

E agora ele a estava provocando de maneira bem-humorada? Ah, aquele *não* era o rapaz com quem ela tinha viajado naquele dia, mais cedo.

— É mesmo você, Henry? Ou você tem um irmão gêmeo que ficou franzindo a testa para mim o dia todo?

— Com certeza posso continuar franzindo a testa, se isso deixar você mais confortável.

Branca de Neve riu.

— Você está certo. Talvez, em vez de fazer perguntas, eu devesse apenas aproveitar.

O sorriso de Henry aumentou.

— Como você está tão curiosa, vou contar um segredo, Estrela Cadente. — Ele tirou uma pedra lisa do bolso e a jogou para ela. — Dê só uma olhada.

Branca de Neve a pegou e a virou nas mãos, procurando... não tinha certeza o quê. Marcas especiais? Escrita? Parecia uma pedra comum, embora supusesse que, em um lugar feito de pedras preciosas, isso já fosse extraordinário por si só.

— O que é isso?

— Uma Pedra do Esquecimento — disse Henry. Ele havia caminhado até Branca de Neve e olhava por cima de seu ombro para observá-la examinar o objeto mais de perto.

— Como funciona? — ela perguntou.

Henry se estendeu e pegou a pedra de seus dedos, enfiando-a no bolso depois.

— Você pode desejar esquecer uma única coisa, e, enquanto a lua estiver no céu, ela será esquecida.
— E quando o sol nascer?
Henry encolheu os ombros com um tipo de suspiro triste.
— Nada dura para sempre.
— De que adianta esquecer uma coisa apenas por uma noite? — ela perguntou em voz alta.
— Você mesma disse que sou diferente do que era mais cedo — Henry sorriu, satisfeito. — Vamos, vamos dançar.
Branca de Neve não pôde deixar de sorrir. Talvez aquilo fizesse a diferença. O Henry que ela havia conhecido mais cedo nunca teria dançado, quanto mais sorrido tanto. Agora, um pequeno pensamento ainda chamava sua atenção por trás da risada dele: o que ele poderia ter escolhido esquecer?
— Eu nunca teria imaginado que você dançava, Henry.
Ele a olhou com ofensa fingida.
— Você fala fora de hora, princesa. Eu sou *o melhor* dançarino de toda Diamant.
— Bem, nesse caso... — Branca de Neve riu quando Henry a puxou para a pista de dança bem a tempo de outra jiga rápida e animada começar a tocar.
Não era uma dança com a qual ela estivesse familiarizada, mas os movimentos eram simples — uma volta aqui, um chute ali —, e logo Branca de Neve estava dançando com todos como se tivesse feito isso a vida toda. Jogavam as mãos para o alto, aplaudiam e batiam os pés ao ritmo. A brisa que ia correndo por seus cabelos pretos curtos enquanto ela girava era eletrizante. Sentia a empolgação do ritmo disparar alegria por seu corpo. Dançaram até que estavam tropeçando ao sair da pista de dança depois de tanto rodopio, rindo juntos.

Deitaram-se de costas em um local macio perto das árvores, longe da multidão. Ali estava escuro, fresco e reconfortante após tanta atividade, com as lanternas penduradas como estrelas ardentes acima.

— Foi muito divertido — ofegou Branca de Neve, olhando para a bela vista.

— E faremos isso novamente daqui a alguns dias — Henry respondeu, descansando um braço atrás da cabeça para se apoiar.

— Algo pelo que podemos esperar.

Branca de Neve se virou de bruços e apoiou os cotovelos para poder olhar para ele. Nunca o tinha visto tão relaxado. Claro, só o tinha conhecido naquela manhã, mas, mesmo durante todas aquelas horas de viagem, vira apenas uma faceta dele. Esse era um Henry completamente diferente daquele que a encontrara na trilha e a levara para Diamant. Naquela noite, ele não estava se comportando como se fosse um guarda do palácio que carregava o peso do mundo sobre os ombros. Naquela noite, ela lembrou que ele era apenas um garoto. Porque ele realmente parecia um.

Ele moveu os olhos castanhos fixos no céu para ela e, então, ergueu as sobrancelhas.

— Será que ganhei um segundo nariz ou algo assim? Por que está me olhando desse jeito?

— Eu estava só pensando... — disse Branca de Neve. — Henry?

— Humm?

— O que você desejou esquecer? — Ela se viu sussurrando a pergunta. Parecia pessoal demais, mas não conseguia conter seu desejo de saber.

Ele a olhou como se não entendesse a pergunta.

— Não me lembro. E espero que nunca lembre. A vida é muito alegre sem isso. — Ele bocejou e fechou os olhos.

Sim, claro. Enquanto a lua ainda estivesse no céu, ele nunca se lembraria da única coisa que tinha desejado esquecer. Branca de Neve, no entanto, sentiu pena dele, pela dor que ele havia esquecido. O simples fato de ele *precisar* esquecer para ser feliz a magoava.

— Quero que fique com isto. — Ela tirou o colar e se aproximou dele para colocar as pérolas em volta de seu pescoço. — Pensei na minha família quando fiz este colar. Espero que, ao usá-lo e olhar para ele, você também possa sentir essa alegria e essa paz de estar em casa.

Ele abriu os olhos e levantou o presente para dar uma olhada.

— Ah, Estrela Cadente. É você. As pérolas são literalmente brancas como a neve. — Seus olhos se fecharam de novo, como se ele estivesse sendo dominado por um sono verdadeiro que apenas a felicidade poderia trazer. — Eu consigo sentir — disse ele.

— Espere um momento — disse Branca de Neve, dando uma risadinha. Ela deu um tapinha no ombro de Henry, mas ele simplesmente suspirou sem abrir os olhos. — Menino bobo, você realmente vai dormir aqui? Me deixe te acompanhar até em casa.

— Muito cansado... — ele bocejou. — Eu te acompanho até em casa amanhã.

Branca de Neve balançou a cabeça. Era encantador, porém não havia como permitir que ele dormisse ali no chão a noite toda. Mas, como ela ainda não estava indo embora da festa, não havia mal em permitir que descansasse ali por um momento. Além disso, toda aquela dança também a tinha exaurido muito, da melhor maneira possível.

Por um momento, ambos ficaram em silêncio, e apenas o som da respiração constante de Henry preencheu o espaço entre eles.

— Posso te contar outro segredo, Estrela Cadente? — ele perguntou de repente, sua voz mal passando de um sussurro.

— Mais segredos, Henry? — Branca de Neve retrucou, sorrindo. — O que mais poderia haver?

— Eu só quero dizer que... princesas... não são uma coisa tão ruim.

— Bem, eu aprecio a mudança de opinião — ela respondeu. Esperou uma resposta, mas não ouviu nada além de um suspiro contente. — Henry?

— Branca de Neve?

Ela se virou para ver Tabitha se aproximando da penumbra mágica criada pelas árvores.

— Ah, oi — ela disse enquanto se levantava e limpava o vestido.

— Eu não esperava ver você aqui esta noite — disse Tabitha, surpresa brilhando em seus olhos. — Pensei que talvez estivesse muito cansada de sua longa jornada.

— Sim, bem, a Mouse insistiu — respondeu Branca de Neve. — E você? Está aproveitando a festa?

Os olhos de Tabitha foram direto para a forma adormecida de Henry.

— Receio que estou aqui apenas para buscá-lo. Ele nunca conseguiria chegar à cama dele sem mim.

— Posso ajudar você, se quiser — disse Branca de Neve.

Mas Tabitha já havia erguido Henry e o colocado de pé com facilidade. Ela parecia forte, mas era aparentemente ainda mais forte do que Branca de Neve imaginara.

— Não precisa — disse ela, passando o braço de Henry sobre seu ombro. — Faço isso com tanta frequência que se tornou parte da minha rotina. — Tabitha sorriu. — Vá e aproveite sua primeira festa em Diamant. Você merece um pouco de diversão.

Henry murmurou algo incoerente antes de Tabitha o afastar.

Por um momento, Branca de Neve os observou enquanto pensava se deveria seguir a sugestão de Tabitha ou encontrar a própria cama.

Mas ela havia prometido que se juntaria a Mouse, ainda que a garotinha parecesse distraída o suficiente — e com certeza não estava exagerando quando disse que podia jogar ferraduras por horas. Branca de Neve estava bastante cansada de toda aquela dança, embora não estivesse exatamente com sono ainda, então decidiu que uma curta caminhada a faria bem.

Ao seu redor, a festa acontecia a todo vapor, alheia e indiferente à silenciosa desconexão de Branca de Neve. Como não tinha Mouse para puxá-la, apressada, ela absorveu tudo a um ritmo casual, caminhando entre as árvores enquanto se mantinha nas margens da festa. A área de dança estava tão animada como sempre, as mesas de artesanato ainda cheias.

Virou-se para se afastar da algazarra e continuou a se distanciar até que o som alto da música diminuísse e ela pudesse ouvir os próprios pensamentos. Até que pudesse sentir o cheiro da noite. Os aromas ali eram diferentes de como eram no seu reino. No mundo real, havia plantas e animais para adicionar seus odores específicos ao ar, sem mencionar os cheiros de comida sendo preparadas, dependendo de onde ela estivesse. Diamant tinha cheiro de terra, mas de uma maneira menos variada, menos óbvia. Porque a parte bonita de sentir o cheiro do lugar ao ar livre era que ele estava *vivo*. Ali, tudo poderia ter um aspecto belíssimo, mas não cheirava a vida.

Branca de Neve de repente tropeçou, seu coração disparando quando viu movimento entre as árvores. Mas era bobo entrar em pânico; agora ela estava segura dentro das muralhas da cidade. Nenhum lobo poderia entrar... ou poderia?

— Olá? — chamou, uma reação incrivelmente boba se fosse *de fato* um lobo, já que isso apenas alertaria o animal para sua localização e facilitaria para o lobo devorá-la.

Mas, em vez disso, uma mulher respondeu:

— Sim? Quem está aí?

Branca de Neve suspirou aliviada.

— Eu não pretendia incomodar — ela disse, contornando uma árvore para ver uma mulher mais velha sentada em um toco. Congelou, porém, quando viu o brilho das lágrimas no rosto da estranha.

Ao ver Branca de Neve, a mulher enxugou os olhos rapidamente.

— Oh. Você é a nova estrela cadente?

— Sou.

— Como posso ajudá-la, minha querida?

Branca de Neve hesitou.

— Com nada, senhora. Obrigada.

— Vi você dançando com Henry lá longe. Suponho que Tabitha já tenha vindo buscá-lo. Ele gosta de dançar até cair. — A mulher tentou sorrir um pouco, embora fosse difícil esconder que tinha chorado, com seus olhos inchados e suas fungadas.

— Não quero me intrometer, mas... a senhora está bem? — Branca de Neve perguntou.

— Oh — disse a mulher, enxugando os olhos outra vez, enquanto novas lágrimas começavam a surgir. — Só sentindo falta do meu marido, só isso. — Ela levantou seu medalhão; Branca de Neve se aproximou e se sentou ao seu lado para vê-lo melhor. O homem na pintura do tamanho do medalhão tinha cabelos escuros, e, embora seu bigode encobrisse os lábios, seus olhos lhe davam uma expressão gentil. — Estamos casados há dez anos. Ou pelo menos estaríamos se eu não estivesse...

Ela não precisou terminar a frase.

— O que aconteceu para a senhora acabar aqui? — Branca de Neve perguntou.

— A Rainha veio comprar um cavalo de nossa fazenda. Ela não gostou do preço e não estava disposta a negociar. — A mulher enxugou mais lágrimas que escorreram contra sua vontade. — Então, pelo último ano, tudo o que tive para me lembrar dele foi a pintura neste medalhão. Um homem tão bonito, não é? Queria saber se ele esperou.

— Como a senhora pode se perguntar uma coisa dessas? — indagou Branca de Neve, pegando a mão da mulher para reconfortá-la. — Claro que ele está esperando. Não é possível que tivesse se casado de novo depois de dez anos com a senhora.

— As pessoas fazem isso.

— Mas não se o cônjuge deles estiver preso em um sono amaldiçoado. Ele te ama demais para isso. Tenho certeza.

— Oh... como você é jovem e doce — disse a mulher, acariciando a mão de Branca de Neve. Seu tom não era condescendente, mas cheio de dúvidas, amargura e pesar. Anseio e perda. Ela fungou e soltou a mão de Branca de Neve. — Não ligue para mim. Acho que estou apenas cansada demais, é só isso. Vá e aproveite a festa, querida. — E ela se levantou e se afastou em direção à cidade.

Branca de Neve permaneceu sentada por um momento, uma inquietação turvando sua mente. No meio de uma celebração, as pessoas estavam lamentando suas vidas perdidas. Primeiro Henry, que precisava de uma pedra mágica para apagar uma lembrança durante uma noite. Agora essa mulher, que estava em Diamant havia um ano inteiro e nunca tinha parado de sentir falta do marido. E quem sabia quantos outros eram como eles — assim como Branca de Neve. Que não tinham esquecido, não importava quanto tempo houvesse passado desde sua chegada. Que ainda lamentavam a perda das vidas que um dia tiveram. Parecia uma existência muito cruel para suportar.

Mas, de alguma forma, isso lhe deu esperança. Não era a única que se sentia perdida e descontente em Diamant. Ela não estava sozinha.

— Aí está você! — Mouse correu até ela e pegou sua mão. — Não está se divertindo?

— Estou, sim — respondeu Branca de Neve, apesar de todos os pensamentos que giravam em sua cabeça. — Acho que estou apenas um pouco cansada da minha viagem.

Mouse ficou meio desanimada, claramente decepcionada por Branca de Neve não estar disposta a jogar mais.

— Leva um tempo para se ajustar a ser uma estrela cadente. Podemos voltar para casa agora, se você quiser. — Ela se mexeu um pouco no lugar, demonstrando desconforto. — Eu só queria te mostrar que este lugar não é tão ruim. Talvez lá fora, além da muralha, mas não nesta pequena cidade que criamos. — Ela entrelaçou os dedos, apertando as mãos. — Este lugar tem sido minha casa há muito tempo, e, se eu nunca tivesse me acomodado e aceitado, jamais teria encontrado a felicidade. — Ela apontou para a festa com um sorriso. — Nenhum de nós teria.

Branca de Neve assentiu, absorvendo suas palavras. Havia alegria em qualquer lugar. Bastava saber onde procurar.

Do lado de fora das muralhas, entretanto, o mundo não era tão gentil, e, como alguém que vivera metade de sua infância isolada e sozinha, ela não desejava uma vida atrás das muralhas para ninguém. Além disso, estava claro que nem todos se sentiam felizes vivendo uma vida que não era a deles. Aquela noite, uma noite que deveria expulsar as preocupações e os medos de Branca de Neve em relação ao futuro, não fez nada além de confirmá-los.

Por mais belo que pudesse ser, o lugar tinha os ingredientes de um pesadelo — as promessas de um sonho que nada mais era que algo artificial e errado. As pessoas ali eram como pássaros presos em gaiolas, quando deveriam ter todo o céu à disposição.

E Branca de Neve tinha toda a intenção de alçar voo.

Não havia muitas horas de sono para serem dormidas quando Branca de Neve voltou para o seu quarto. No entanto, quando a manhã raiou, ela estava completamente desperta assim que abriu os olhos. Sua mente estava perfeitamente clara, como se estivesse dando continuidade ao último pensamento da noite anterior, sem a interrupção do sono no meio. Infelizmente, ela também acordou com dor e fez careta ao tentar se levantar. Tinha dormido bem e pesado depois de toda aquela dança, então não havia nem se mexido, e suas costas sentiam os efeitos de se deitar na laje de pedra sem se mover a noite toda. Mas nada que alguns alongamentos rápidos não pudessem resolver.

Branca de Neve e Mouse haviam se separado por um tempo, depois da conversa na noite anterior, para que a garotinha pudesse brincar mais um pouco. Ela não se lembrava de Mouse ter voltado, mas a menina devia ter pegado o caminho de volta para casa, depois de Branca de Neve adormecer, e estava encolhida na cama ao lado dela. O cabelo escuro de Mouse estava desarrumado, até um pouco embaraçado em alguns lugares. Estava deitada de lado, com os joelhos pressionados contra os cotovelos. Roncava baixinho, a boca aberta apenas um pouco. Algo na cena a fazia se lembrar de um gatinho satisfeito.

Ela fez careta ao virar-se para olhar o teto brilhante, mas havia coisas mais importantes com que se preocupar do que uma pequena rigidez no corpo. Era hora de se concentrar na missão do dia. Não precisava se fazer mais perguntas. Já havia tomado sua decisão.

Aquele lugar — embora alguns o aceitassem como sua nova casa — não era real. Não era nada além de um encantamento cruel. Não havia forma de ela ficar ali, não quando sua vida, seus amigos e seu reino estavam todos do outro lado.

Ela não podia abandonar seu povo. Não abandonaria.

E talvez...

Olhou para Mouse, dormindo profundamente. Pensou em como Henry tinha se mostrado na noite anterior — tão vulnerável. Talvez ela pudesse ajudar mais do que apenas a si mesma. Talvez houvesse uma maneira de levar aquela querida menininha para casa também. Ela, Henry e Tabitha. E todas as outras pessoas em Diamant.

Branca de Neve se levantou cuidadosamente, para não acordar Mouse, e saiu de fininho.

Havia sons de agitação de pessoas acordando e se movimentando, mesmo que Branca de Neve não pudesse vê-las pelas vielas estreitas. Ela saiu de entre duas casas, mas talvez devesse ter olhado primeiro, porque quase esbarrou em Henry.

— Oh... Bom dia, Henry. — Branca de Neve sentiu o carinho crescer em seu coração ao se lembrar da noite anterior, de toda a alegria, da forma como tinham dançado a noite toda.

Que lembrança maravilhosa para levar consigo de sua primeira noite em Diamant.

— Você poderia não falar tão alto assim logo de manhã, Estrela Cadente? — disse ele. Henry tinha sua espada no quadril e uma picareta na mão enluvada. Parecia um excesso de objetos afiados para uma pessoa só carregar. — Sua voz é aguda e eu estou com dor de cabeça.

Ela piscou, surpresa com o tom dele. Sim... claro. Talvez estivesse esperando que um pouco de alegria ainda permanecesse em Henry, mas o sol já estava acima do horizonte, o que significava que a Pedra do Esquecimento não estava mais funcionando. Esse era o verdadeiro Henry, não o garoto sorridente e alegre com quem ela havia dançado e dado risada na noite anterior. E Branca de Neve ficou desapontada ao ver que ele não usava o colar que ela lhe dera na noite anterior... como se o gesto não tivesse significado nada para ele.

Branca de Neve resistiu à vontade de pedir o colar de volta. Em vez disso, respondeu:

— Você deveria ser mais gentil com as pessoas.

Ele parou e a olhou com uma expressão levemente irritada, como se ninguém jamais tivesse lhe dito isso.

— Como eu falei, estou com dor de cabeça — repetiu ele, seu tom mais suave desta vez.

Não era um pedido de desculpas, mas já era um progresso. Ele seguiu em frente e Branca de Neve foi atrás.

— A que horas as pessoas costumam acordar aqui? — perguntou ela.

— Quando elas querem.

Branca de Neve bufou.

— Eu ia fazer um anúncio na praça, mas talvez eu precise bater de porta em porta e contar pessoalmente a cada um.

Henry olhou por cima do ombro para ela.
— Não faça isso.
— Bem, você pode me levar até a praça do vilarejo, então?
— Estou indo para lá agora. Tabitha esqueceu a picareta.
— É muita gentileza da sua parte.

Ele encolheu os ombros.

— Ela traz sal de rocha para mim ao fim de um longo dia. Eu busco coisas para ela, mesmo quando estão do outro lado da cidade. Não é tanto bondade; é mais lealdade de irmãos.

— É uma espécie de bondade, de certa forma.

— Eu nunca faria isso por um estranho — ele disse com um pouco de desdém. — Você acha que ainda é bondade?

— Nesse caso, suponho que faça por amor.

Ele não disse nada e continuou a andar, e, como não houve protesto, Branca de Neve continuou a segui-lo.

— Então, por que Tabitha precisa da picareta? — ela perguntou, apenas para mudar de assunto.

— Para consertar o poço — respondeu ele. Parecia aliviado por terem mudado de assunto. — Para quebrar algumas pedras e preencher alguns buracos.

— Não funciona se tiver buracos?

— Você nunca para de fazer perguntas. — Ele lhe lançou um olhar ligeiramente irritado. — Funciona do mesmo jeito. Os reparos só têm fins estéticos.

— Ela deve gostar muito do que faz.

— Acho que você vai descobrir, Estrela Cadente, que o prazer não é um requisito para a maioria das coisas que as pessoas fazem aqui. Se não é feito por sobrevivência ou entretenimento, geralmente é feito por tédio. As pessoas precisam de coisas para fazer aqui, assim elas não se sentem tão perdidas e inúteis.

— E a mesma coisa pode ser dita sobre você? — Branca de Neve perguntou.

Ele bufou, e Branca de Neve notou que ele estava andando um pouco mais rápido. Na noite anterior, Henry sorria o tempo todo, mas, naquele dia, não estava nem um pouco a fim disso. Ela correu para alcançá-lo.

— E quando você me resgatou? — perguntou. — Não arriscou sua vida por bondade, imagino eu?

— Já chega de perguntas para uma manhã só.

Branca de Neve franziu a testa.

— É uma pergunta fácil. E, de qualquer maneira, eu mereço saber.

Ele bufou outra vez.

— Era uma coisa para eu fazer.

— Acho que você está sendo desonesto, Henry. Poderia ter me deixado na floresta para vagar sozinha, mas, em vez disso, você me ajudou. Eu não acho que teria se colocado em perigo assim se fosse apenas "uma coisa para você fazer".

Ele a observou com um escrutinador olhar de soslaio, e os dois continuaram a caminhada em silêncio.

Quando chegaram à praça, havia pessoas — incluindo Tabitha — trabalhando no poço. Outros jogavam xadrez. Um punhado de pessoas estava apenas parado e conversando. O centro do vilarejo parecia ser o lugar para onde todos iam com o objetivo de fazer qualquer coisa, então havia uma plateia de tamanho razoável para o que ela sabia que precisava fazer. Se uma ou duas pessoas escolhessem ir com ela, já seria o suficiente. Se realmente quisessem ir para casa, como ela, dariam um passo à frente.

Henry entregou a picareta para sua irmã, e ela a pegou e sorriu para ele e para Branca de Neve.

— O que vocês dois fizeram esta manhã? — ela perguntou.

— Não fizemos nada — disse Henry, revirando os olhos.
— Ela apenas me segue por aí por algum motivo que eu não sei.

— Eu não *te sigo por aí* — respondeu Branca de Neve com uma careta, com as mãos na cintura. — Eu simplesmente não conseguia lembrar como chegar à praça do vilarejo.

— Então você me seguiu.

— Ei, Branca de Neve — Tabitha interrompeu, olhando com raiva para o irmão —, você está se adaptando bem a tudo?

— Não muito — ela disse, franzindo a testa enquanto observava Henry se afastar delas.

— Leva tempo. Confie em mim, você se acostumará ao ritmo deste lugar.

Branca de Neve observou Henry sair da praça da cidade. Ele foi engolido pela curva das vielas ao lado das casas, e o desapontamento a dominou. Além de desapontamento, havia dúvida. Depois de como tinham se dado bem na noite anterior, ela pensou que talvez ele se juntasse a ela ou, no mínimo, ajudasse-a a convencer a multidão.

Precisava fazer isso pelas pessoas que se sentiam desesperançosas, como a mulher com quem ela conversara na noite anterior. Se ela pudesse fazer a diferença, era seu dever tomar uma atitude.

Branca de Neve respirou fundo e agarrou um dos pilares do poço, subindo cuidadosamente nele.

— Com licença — ela exclamou... embora *exclamar* fosse um exagero. As palavras devem ter soado mais altas em sua cabeça que em seus lábios, porque ninguém a ouviu, exceto algumas pessoas trabalhando no poço abaixo dela.

— De que você precisa, Branca de Neve? — perguntou Tabitha.

— Só queria chamar a atenção de todos para dizer uma coisa.

Tabitha colocou o dedo e o polegar na boca e assobiou. *Alto.* Todos os cantos da praça do vilarejo pararam o que estavam fazendo para olhar.

— Prestem atenção! — ela gritou. Agora, sim; *isso* era um chamado.

— Obrigada — sussurrou Branca de Neve.

Tabitha assentiu antes de voltar ao trabalho.

— Decidi procurar o Coração de Rubi — disse Branca de Neve. — Todos sabemos que é a nossa única esperança confiável de quebrar o encanto que a Rainha nos lançou e voltar para casa. Então, gostaria de oferecer a oportunidade a quem quiser se juntar a mim. Juntos podemos mudar nosso destino. Podemos *todos* voltar para casa. Quem vai comigo?

Houve um amplo silêncio. Essa não era a resposta que Branca de Neve esperava. Ela examinou a área ao redor e encontrou os habitantes da cidade olhando uns para os outros, como se estivessem confusos com o que ela acabava de dizer. Confusos ou perturbados. Até Tabitha olhou, chocada.

— É só uma história, querida — alguém disse, e o coração de Branca de Neve afundou quando viu que era a mulher com quem ela tinha conversado na noite anterior, a que estava lamentando a perda de sua vida, de seu marido. Queria voltar para casa tanto quanto Branca de Neve e, ao mesmo tempo, não tinha confiança de que algum dia poderia chegar lá. Nesse sentido, ela havia aceitado seu destino.

— Mas e se for verdade? — indagou Branca de Neve. — E se existir uma maneira de voltar para casa e nós só tenhamos que encontrar?

— Este *é* o nosso lar — alguém mais disse.

— Por que desperdiçar nosso tempo saindo da segurança do muro para nada? — questionou outra pessoa. — Há lobos lá fora.

— Branca de Neve — chamou Tabitha, deixando suas ferramentas de lado e levantando-se, seu tom paciente como se estivesse falando com uma criança humana que pensava ser um pássaro —, mesmo que todas as lendas sejam verdadeiras, é muito perigoso ir sozinha... e a maioria de nós já nutriu muitas esperanças falsas em relação ao Coração de Rubi para querer tentar outra vez.

— Mas se as lendas forem verdadeiras... — Por um momento, Branca de Neve não soube o que dizer a seguir. Como poderia convencer pessoas que já haviam perdido a esperança havia muito tempo? — Não podemos deixar a Rainha sair impune. — Estava perdendo a coragem minuto a minuto. — Ninguém vai comigo? — conseguiu perguntar com o último fio de sua voz.

O novo silêncio se estendeu mais que o primeiro. Alguns se afastaram dela e retornaram ao que faziam antes de ela interromper. Alguns a olhavam com piedade, outros com irritação, outros com medo. Ninguém parecia encontrar valor em discutir com a garota que, apenas um dia antes, tinha caído das estrelas, que ainda estava em negação e logo enxergaria a racionalidade sem que tivessem que gastar seu fôlego ou sua energia. Pouco a pouco, todos voltaram às suas respectivas atividades, ignorando-a completamente.

— Ninguém? — ela perguntou em um sussurro.

— Eu vou.

Seu coração triplicou de tamanho quando viu Henry atravessando a multidão outra vez. Não o vira voltar para a praça, mas ficou feliz em saber que tinha razão: ele a ajudaria. E juntos salvariam todos, mesmo que mais ninguém ousasse se unir à jornada.

— Henry — disse Tabitha, agarrando seu braço. — Tem certeza disso? Da última vez resultou em nada além de decepção.

— Tenho certeza — confirmou ele, suspirando, enquanto ela segurava seu rosto com as mãos.

— Desta vez será diferente — disse Branca de Neve, tentando dar um sorriso tranquilizador aos seus novos amigos.

— Receio que você não saiba disso, Branca de Neve. — Tabitha suspirou e balançou a cabeça. — Mas, se existe alguém com a determinação de encontrar o Coração de Rubi, são vocês dois.

— Obrigada, Tabitha — disse Branca de Neve. Ela se virou para Henry, sentindo-se quente e aconchegante, mesmo enquanto ele franzia a testa. — Estou muito feliz que tenha concordado em vir, Henry. Parte de mim pensou que você estivesse cansado de mim.

Os cantos da boca dele se curvaram para cima, mas apenas um pouco.

— Alguém tem que impedir você de acariciar monstros.

— Espere! — gritou uma voz fininha. Os adultos na multidão se moveram enquanto alguém corria ao redor deles, e, então, Mouse se aproximou do poço, olhando para Branca de Neve com esperança e empolgação. — Eu vou com você também.

— Missões não são lugar de crianças — disse Henry, ácido.

— Eu seria mais velha que você atualmente, se isso fosse o mundo real, então *hum*! — E concluiu mostrando a língua para ele.

Branca de Neve riu.

— Ela tem razão.

— Se ela se machucar, será por sua culpa — Henry respondeu amargamente enquanto atravessava a multidão.

— Para onde você está indo? — Branca de Neve perguntou de longe.

— Seu plano era andar sem rumo? — retrucou ele. — Venha comigo. Eu vou pegar o mapa.

— Ah, não — gemeu Mouse —, o mapa de novo não.

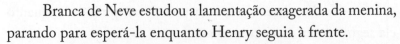

Branca de Neve estudou a lamentação exagerada da menina, parando para esperá-la enquanto Henry seguia à frente.

— Há um mapa para o Coração de Rubi?

— Henry acha que é mágico — disse Mouse com desgosto. — Eu acho que é lixo!

Branca de Neve sorriu educadamente para os habitantes restantes que continuavam a olhar incrédulos.

— Bem, vamos ver, não é?

— Vamos lá — disse Henry por cima do ombro. As meninas sorriram uma para a outra, Mouse rindo, antes de se apressarem para alcançar.

Foram trançando entre as casas, de volta para onde a festa tinha acontecido na noite anterior. Branca de Neve olhou ao redor, seu olhar se demorando nas lanternas penduradas, no local entre as árvores onde ela e Henry caíram em gargalhadas sem fôlego. Conseguia entender por que as pessoas gostariam de ficar ali, por que relutariam em ir com ela. Porque atrás das muralhas, havia segurança, e, com o tempo, alguém talvez até esquecesse que seu lugar era no mundo desperto, não naquele. Mas não era seu lar, apesar dos esforços que tinham feito para torná-lo assim.

Na verdade, era uma gaiola.

Henry os levou a um pequeno galpão de suprimentos, embora não houvesse espaço suficiente para todos. O jovem, sozinho, ocupava o espaço por completo, tendo que se dobrar até para caber dentro. Então, Branca de Neve e Mouse esperaram do lado de fora. Branca de Neve espiou para vê-lo enchendo uma mochila com alguns suprimentos e, depois, pegando uma pequena caixa debaixo de uma prateleira. De lá, ele retirou um pedaço de pergaminho dobrado e o trouxe para elas.

— Eu queria mesmo saber onde isso tinha ido parar — disse Mouse. — Seu acumulador de mapas.

— Alguém tentou queimá-lo da última vez que foi usado. Eu queria mantê-lo em segurança. — Ele o desdobrou devagar, de um modo quase reverente. — Além disso, pensei que você não achasse que fosse mágico.

Mouse fez beicinho.

— Eu *sei* que não é.

— Estrela Cadente — disse Henry, segurando o mapa para que Branca de Neve pudesse ver —, o que você acha? Mágico ou não?

Branca de Neve tocou o mapa, seguindo uma linha cintilante com o dedo, que ia traçando um caminho pelo pergaminho sem a ajuda de um utensílio de escrita — uma linha que ela tinha certeza de que quase *brilhava* com vida e magia.

— É mágico — afirmou ela, rapidamente com entusiasmo. — O mapa sabe mesmo para onde estamos indo. Já está nos mostrando o caminho para a primeira provação.

— Mostrando a nós o *seu* caminho — Henry esclareceu. Ele apontou para as mãos enluvadas de Branca de Neve. — A primeira pessoa a tocá-lo é quem dita o caminho. Eu achava que meu caminho tinha levado a lugar nenhum tantas vezes que deveríamos tentar alguém novo.

Mouse franziu a testa, olhando com raiva para o mapa.

— Se seguir o mapa fosse tão fácil, alguém teria voltado com o Coração de Rubi há muito tempo. Como sabemos que esta é a direção certa?

— É mágico, Mouse — disse Henry com um suspiro pesado.

— Bem, pelo menos eu nunca tive uma boa experiência com magia. Você já teve, Branca de Neve? — ela perguntou. — Viemos parar aqui por magia, então o que faz você pensar que qualquer magia que exista aqui signifique algo bom para nós?

Mouse tinha razão, e isso fez Branca de Neve realmente considerar sua resposta por um momento.

— Devemos dar uma chance — disse ela. — Talvez o mapa seja feito de magia do bem, assim como o Coração de Rubi. Este é o único guia que temos. Precisamos tentar.

— Aqui. — Henry estendeu uma espada embainhada para ela. Era menor que a dele, mas claramente uma arma. — Esta será perfeita para você.

— Eu não posso usar isso. — Branca de Neve deu um pequeno passo para trás. — Prefiro resolver meus problemas sem violência.

— É muito nobre da sua parte. Mas os perigos de Diamant não vão se importar com seus sentimentos.

— Não me sinto confortável com isso.

Henry suspirou de novo, mas abaixou o braço que segurava a espada, sem proferir mais argumentos.

— Eu seguro para você, Branca de Neve — disse Mouse, com a voz fininha.

— Nem pensar — objetou Henry, colocando a espada de volta onde a encontrara. Ele jogou a mochila sobre os ombros. — Pela aparência do mapa, se partirmos agora, teremos passado pela primeira provação antes do pôr do sol. Vamos.

Sua preocupação com os sentimentos dela, mesmo que pudessem atrapalhar a missão, fez Branca de Neve se lembrar do Henry com quem dançara na noite anterior. Valia lutar por ambas as versões de Henry, mas era bom saber que, apesar de todos os seus resmungos, ele realmente a respeitava.

E, assim, partiram.

Rumores de que a nova estrela cadente estava em busca do Coração de Rubi deviam ter se espalhado, porque todos pararam para olhar quando saíram da cidade em direção ao portão da frente. As pessoas saíram de suas casas para olhar. Não poderia ter sido uma coisa tão inacreditável, não é mesmo? Outros já haviam tentado. Branca de Neve tentou não deixar que os olhares curiosos a incomodassem. Ela era capaz de conseguir, ainda que outros não acreditassem nela.

Henry e Mouse não pareciam se importar. Talvez fosse apenas porque Henry tinha feito a jornada antes e Mouse estava lá há tanto tempo, mas Henry ignorou a maioria das pessoas por quem passavam, e Mouse ia tão ocupada pulando e saltitando sobre as coisas que estava distraída demais para olhar para quem quer que fosse.

Embora Branca de Neve estivesse firme em sua decisão, ainda assim se sentiu aliviada quando deixaram os olhares escrutinadores dos habitantes da cidade e alcançaram o portão. Seguiram pelo caminho, em direção ao local onde Henry a havia encontrado no dia anterior. Estava claro que andariam bastante naquele dia, já que Branca de Neve não tinha visto nada que se assemelhasse a uma provação ou um desafio enquanto vagava pela floresta. Teriam que ir além daquela área, o que demoraria pelo menos algumas horas.

Conforme caminhavam, também ficou claro que Henry não estava interessado em qualquer tipo de conversa. Ele seguia à frente de Branca de Neve e Mouse, suas pernas compridas permitindo um ritmo rápido de viagem. Branca de Neve, porém, não se importava. Dar espaço a Henry permitia a ela e Mouse que passassem o tempo conversando, sem a possibilidade de ele afundar a conversa em negatividade.

— Mouse, o que aconteceu com o seu colar? — perguntou Branca de Neve, sua curiosidade se sobressaindo.

O nariz de Mouse se enrugou um pouco.

— Que colar?

Branca de Neve hesitou.

— O de arco-íris. Eu te ajudei a colocá-lo ontem à noite, lembra?

Mouse pensou por um momento, até que finalmente seus olhos se iluminaram.

— Ah, sim! Foi muito divertido! — E, então, encolheu os ombros. — Eu perdi.

Branca de Neve piscou para ela.

— Perdeu?

— Está tudo bem. Vou fazer outro na próxima festa.

— Ah. — Branca de Neve torceu a boca em pensamento. Perdido? Algo feito de pedras tão preciosas? Bem, ela era apenas uma menininha, afinal. E Branca de Neve supôs que as pedras preciosas tendiam a perder um pouco de seu valor quando podiam ser encontradas literalmente em todos os lugares. Mas o fato de que as gemas eram reservadas para os nobres e para a realeza em sua terra no mundo desperto... Era claro que as coisas que tinham valor aqui eram os itens que a Rainha não queria que ninguém tivesse.

O mapa, por um lado.

O Coração de Rubi, por outro.

Mas, pensando em como Mouse havia perdido seu colar, Branca de Neve percebeu que talvez não quisesse saber, afinal, o que acontecera ao colar que ela fizera e dera de presente para Henry. Descobrir a verdade poderia partir seu coração mais do que ser deixada no escuro.

O caminho estava tão bonito, à medida que se afastavam do vilarejo, quanto estava quando entraram. Em alguns pontos, dependendo dos ângulos, as pedras refletiam a luz com fulgor, quase obscurecendo a trilha ao caminharem. Em outros momentos, era como entrar em um sonho, adorável e cheio de cor. Perigoso e belo. Nesse sentido, era como a Rainha.

— Henry, onde estamos? — reclamou Mouse. — Já estamos chegando? Estamos andando há *horas*.

— *Uma* hora — disse Henry, com a mandíbula cerrada. — E por que você não volta para o vilarejo, se isso te incomoda tanto?

— De jeito nenhum. Vou ficar com Branca de Neve — ela disse e pegou na mão de sua nova amiga.

Branca de Neve sorriu para a menininha.

— Não se preocupe. Tenho certeza de que não falta muito para a primeira prova. — Mas, quando ela olhou para o alto de novo, Henry lançou-lhe um olhar irritado por cima do ombro. — Ou talvez não?

Ele voltou à sua tarefa sem dizer uma palavra.

Pelas horas seguintes, Branca de Neve dedicou-se a distrair e entreter Mouse. Elas brincaram com jogos, dando nomes às coisas que viam e memorizando o que cada uma tinha dito até que sua lista de itens pudesse ter se estendido por uma página inteira. No entanto, não pararam, nem mesmo quando enfim chegaram a um pequeno caminho, o que deixou Branca de Neve contente; afinal, a grama de jade era algo bem desagradável.

— Estamos viajando o *dia todo* — Mouse resmungou de novo. Era um exagero, mas próximo o bastante da verdade para que Branca de Neve concordasse com ela.

Henry ignorou a reclamação e continuou a avançar a um bom ritmo pelo caminho. Pararam para descansar algumas vezes — descansos muito curtos, já que Henry também era um perfeccionista quando se tratava de fazer um bom tempo na viagem. Não era de admirar que ele tivesse liderado tantas jornadas antes daquela.

Mas Branca de Neve não se importava com a distância ou o tempo que levaria para chegar lá. Estava apenas contente por não terem cruzado com nenhum perigo ainda; talvez os lobos caçassem presas solitárias e não se incomodassem com grupos. E talvez Tabitha tivesse se enganado sobre o número de armadilhas; afinal, eram lendas, e lendas costumavam ser exageradas ao longo do tempo. Qualquer que fosse o motivo, era um pequeno alívio que, apesar de Henry segurar sua espada, ele ainda não tivesse tido a oportunidade de usá-la.

Mouse, por sua vez, não estava gostando do tempo que tinham passado na estrada. Ela resmungou, pegou uma pequena pedra perdida e a jogou na árvore acima dela. Fez um som bonito como sininhos de vento em uma brisa constante, tanto na subida quanto na descida — e Branca de Neve parou para ouvir. Mouse riu incontrolavelmente assim que a pedra atingiu o chão, e ela continuou seguindo Henry. Branca de Neve, porém, não conseguia esquecer a beleza do que acabara de ouvir. Nem tudo no mundo encantado da Rainha era maligno. Não era necessário que tudo fosse perverso, afinal.

Branca de Neve também pegou uma pedrinha e a jogou nas árvores, ouvindo a música de sino tocar. Mas tinha arqueado o arremesso em vez de lançá-la diretamente para cima, como Mouse fizera, então, na descida, a pedra atingiu Henry diretamente na parte de trás da cabeça. Branca de Neve deu um suspiro de susto, levando as mãos à boca. Henry parou de chofre. Mouse riu descontrolada.

— Desculpa — disse Branca de Neve, encolhendo-se.

Ele franziu a testa para ela por cima do ombro.

— Você poderia *não* fazer isso?

— *Desculpa*. Com certeza não foi de propósito. — Ela se apressou em se juntar à fila. — É só que as folhas fazem um som tão bonito. Vou jogá-las para trás, que tal... *Aiii!*

Branca de Neve agarrou o topo de sua cabeça, onde algo duro caíra. Era como quando havia sido atingida na cabeça por uma bolota quando era pequena, só que bem mais forte. Ou a pedra que ela jogara tinha pulado sozinha para se vingar, ou...

Ela olhou para baixo, perto de seus pés, onde havia uma folha de esmeralda no chão. Era estranho como ela se sentia terrível por ter derrubado algo tão bonito de seu lugar adequado.

— Vamos continuar — disse Henry, mas mal tinha ele dado outro passo, quando outra folha caiu, passou raspando na ponta de seu nariz e se cravou no chão a seus pés por uma quina afiada.

Não demorou muito para que ouvissem o tilintar de mais folhas. O som de sacudir aumentou, agora mais dissonante e ameaçador.

Branca de Neve e Henry se entreolharam, o medo enchendo o estômago dela.

Nem precisavam dizer nada; ambos sabiam o que viria em seguida. Henry tirou a mochila e a jogou para Branca de Neve, que a usou para proteger a cabeça. E, então, o jovem pegou Mouse e a abraçou junto ao peito; saíram correndo assim que um coro de folhas começou a chover sobre eles.

Mas *chuva* era uma palavra inteiramente errada. *Granizo* seria mais apropriado, já que cada folha era dura e afiada, e doía como se atingisse os ossos quando acertava o alvo. Caíam como um baralho mortal de cartas, e tudo o que Branca de Neve e Henry podiam tentar fazer era manter-se à frente da chuva de pedras preciosas. Ainda assim, foram atingidos por algumas que doeram o suficiente para fazê-los correr mais rápido.

Ela seguia na frente. Não tinha ideia para onde estava indo. Tudo o que sabia era que precisava tirá-los dali, e o barulho das pedras colidindo e se quebrando no chão a estimulava a continuar. Enquanto corria, ela olhou à frente e viu uma área onde o dossel das árvores se abria. Estariam seguros ali.

— Estamos quase lá! — Branca de Neve gritou para seus amigos.

Cada vez mais rápido, as pedras caíam, mais perto e mais perto. No entanto, havia segurança ali, bem ao seu alcance.

Saltaram para a clareira, com as pedras quase acertando o pé de Henry. Tinha sido por pouco. Com um último estrondo esmagador, as pedras preciosas ao longo da linha das árvores se despedaçaram no chão, espetando o solo como dezenas de lascas violentas.

Os três deitaram-se no chão, ofegantes. Branca de Neve apoiou-se nos cotovelos, testemunhando a floresta concluir seu perigoso acesso de fúria, o som profundo e o tremor das árvores se deslocando assim que a última esmeralda solitária caía. E, então, a floresta estava em silêncio. Ainda havia muitas folhas nas árvores, como se elas não tivessem perdido absolutamente nenhuma, mas o chão estava cheio de evidências. Esmeraldas cravadas no chão como pequenas facas. Outras tinham se esmigalhado e estavam espalhadas pela terra.

— Estão todos bem? — ela ofegou.

— Você quebrou as árvores, Branca de Neve — disse Mouse, e o divertimento em sua voz lhe avisou que a garota não estava ciente de como tinham brincado com a morte.

— Concordo com Mouse, pela primeira vez — rosnou Henry, esfregando o ombro. — Nada de atirar pedras em árvores encantadas.

— Para ser justa, eu não sabia que elas começariam a chover sobre nós — disse Branca de Neve, empurrando o chão com cuidado para se levantar e sacudindo sua saia.

— Quem dera isso tivesse sido a primeira prova — acrescentou Henry. — Um problema a menos para nos preocuparmos. Bem, quanto falta para chegarmos à primeira prova? — Henry desdobrou o mapa e o estudou por um momento. Ele parou e, então, disse: — Deve ser isso. — Comparou o mapa com o que via diante de si, olhando para ele e depois para cima de novo. — A primeira prova.

— Um campo? — Branca de Neve perguntou em voz alta.

— Eu falei que esse mapa era inútil — disse Mouse, cruzando os braços pequenos.

— Estou falando, é aqui — insistiu Henry. Ele mordeu o lábio. — Em algum lugar.

Branca de Neve se aproximou de Henry para olhar o mapa. Certamente, o caminho brilhante terminava no campo, mas não havia indicação do que fazer.

— Devemos atravessá-lo?

— Espere. — Henry desembainhou sua espada e tocou o chão à frente com ela. — Parece que dá para pisarmos nesta terra. Mas ande atrás de mim, apenas por precaução. Só pise onde eu pisar.

— O que acontece se não fizermos isso? — indagou Mouse, mas seu tom era mais de questionamento que de desafio ou mesmo nervosismo. Henry a ignorou e cortou a grama alta à frente com sua espada, esmagando-a com a bota para criar uma pegada limpa para seguirem.

Branca de Neve levou as palavras dele a sério. Ia de olho nos passos de Henry, cuidando para colocar o pé exatamente onde o dele tinha estado. Nunca havia completado uma prova e queria ter certeza de estar seguindo as regras perfeitamente — quaisquer que fossem essas regras. E, apesar das perguntas de Mouse, ela foi em fila atrás de Branca de Neve, pulando de uma pegada para outra, já que os passos de Henry eram muito largos para ela.

Quando já haviam percorrido quase a metade do campo, nada havia mudado. Nenhuma prova se apresentara; o mato nem a espetava, pois Henry o cortara à frente e o esmagava a cada passo de suas botas.

Só quando chegaram ao centro exato do campo é que houve subitamente um rosnado familiar.

— Maravilha — murmurou Mouse. — Isso é o que ganhamos por seguir esse mapa estúpido.

6

Branca de Neve virou-se lentamente, cuidando para não respirar alto demais ou fazer movimentos bruscos. Se fosse a mesma criatura do dia anterior, parecia dez vezes mais irritada, seu rosnado amplificado uma dúzia de vezes. Mas... não. Não havia como todo aquele barulho vir de uma única criatura.

Ela quase engoliu a própria língua quando, com toda a certeza, criaturas emergiram do mato alto cor de jade. Cada vez mais, dez, vinte delas. Seus olhos brilhavam, e a textura de seu dorso parecia uma juba eriçada.

Henry se moveu para ficar entre Branca de Neve, Mouse e as criaturas.

— Parece que seu lobinho trouxe amigos.

Sua voz estava impregnada de sarcasmo. Por um segundo, Branca de Neve pensou no momento em que os dois se conheceram, no quanto ela havia implorado para ele não ferir a criatura. Mas, agora que sabia que os lobos eram criados por uma rainha má e vingativa, pensou que talvez suas palavras não estivessem tão longe da realidade. Talvez os lobos tivessem sido enviados para impedi-los.

Ou talvez... *essa* fosse a prova.

Henry se moveu de novo ao ouvir um som atrás deles, mas não havia como protegê-los com seu corpo, já que mais criaturas surgiam ao redor.

Estavam cercados. Bem, quase. O caminho que haviam tomado estava livre, e, por um momento, Branca de Neve considerou correr de volta, da forma como tinham vindo, mesmo que as criaturas rosnassem ferozmente para os pedaços de mato destruídos que pontilhavam o caminho.

Branca de Neve odiava admitir, mas, naquele momento, definitivamente, poderiam fazer uso daquela outra espada que Henry lhe oferecera.

Ainda assim, as primeiras palavras que saíram de sua boca foram:

— Não os machuque, Henry.

— Não é hora para suas tentativas de paz, Estrela Cadente — ele respondeu, limpando o suor das mãos. Henry deu um profundo suspiro e avançou para um ataque.

Não era Branca de Neve que lhe diria para não lutar. Apesar disso, ela se encolheu com o impacto de sua espada contra as criaturas de pedras preciosas, porque elas não eram objetos, mas criaturas vivas. Mesmo que tivessem sido enviadas pela Rainha, não podiam ser completamente más. Aquilo não era culpa delas... não podia ser culpa delas.

— Vamos morrer! — lamentou Mouse, agarrando-se a Branca de Neve enquanto Henry lutava contra as criaturas. Mas ele mal se livrou de uma antes que duas avançassem para ocupar o lugar da primeira. Não estava funcionando, e não havia como Henry fazer aquilo sozinho. Ela odiava ficar parada e não ser útil.

E, então, ela viu.

O caminho que haviam aberto na ida estava simplesmente *livre*. Nenhum lobo à vista. E Branca de Neve de repente se lembrou, quando acordara em Diamant, pela primeira vez, e aquele lobo solitário viera rondar e lhe dera um susto que a fez ir ao chão. Ele apenas havia olhado para o mato que ela esmagara na época, rosnando para ela, mas sem nunca o tocar. Eles não podiam pisar nas pedras quebradas?

De qualquer forma, o motivo não importava. O que importava era que havia uma maneira de contê-los, mesmo que apenas por tempo suficiente para dar a ela e seus amigos tempo para pensar em um plano melhor.

— A trilha, Henry! — exclamou Branca de Neve. — Eles não pisam no mato esmigalhado.

Ela mal o viu olhar para a trilha vazia antes de começar a cortar o mato ao redor deles e esmagá-lo com a bota. Branca de Neve seguiu, pisando nos lugares onde ele havia pisado, até que tinham um círculo de segurança ao seu redor.

— Pensamento rápido — disse ele. — Agora posso continuar cortando o mato para abrir caminho e sairemos daqui.

— É uma prova, Henry — disse Branca de Neve. — Acho que não estamos destinados simplesmente a escapar.

— Por que você está complicando as coisas? — questionou Henry com uma careta. — Eles não podem ser mortos, então está claro que a prova é encontrar uma maneira de sairmos vivos.

— Estou com Henry — disse Mouse, puxando o braço de Branca de Neve com nervosismo. — Assim que sairmos do campo, estaremos seguros.

Olhando em volta para o mar de monstros, Branca de Neve mordiscou o lábio.

— Nunca conheci um ser vivo que ficasse com raiva sem motivo. Algo deve estar terrivelmente errado para fazê-los agir assim.

— O que está errado é que eles são bestas selvagens — disse Henry. — Essas criaturas não precisam de um motivo para atacar.

— Não, estou falando sério. Algo está errado.

— O que está errado é que eles querem nos comer! — gritou Mouse, segurando Branca de Neve com mais firmeza.

— Deve haver outro jeito, Henry. Um jeito melhor... — Ela o incentivou a abaixar a espada. — Só me deixe tentar uma coisa.

Branca de Neve se aproximou da borda do círculo lentamente, com a mão estendida.

— Não tenha medo, criaturinha — ela disse com delicadeza para o lobo mais próximo, mesmo quando ele rosnou e tentou mordê-la.

Henry puxou a mão dela de volta.

— Lembre-se do que aconteceu da última vez que você tentou isso — repreendeu ele, claramente nervoso.

— Confie em mim — disse ela.

Devagar, Branca de Neve aproximou-se do lobo à sua frente com a mão estendida. Mais perto e mais perto... E, com a mesma lentidão, o rosnado do lobo mudou, diminuindo e se transformando em um lamento sem esperança. Branca de Neve deu um suspiro e, então, aventurou-se a aproximar-se mais, tocando o focinho do lobo, ao que ele permitiu.

— Me conte o que há de errado — sussurrou ela, acariciando o focinho da criatura, a cabeça e a bochecha, até que o pobre animal se encolheu nela, mostrando as costas.

E Branca de Neve viu, no centro das costas do lobo, um pequeno pedaço de pedra que não era liso. Estava conectado ao corpo dele, *espetando-o*.

Ela pinçou a pedrinha fina com os dedos, apoiando sua outra mão nas costas da criatura para acalmá-la enquanto arrancava a lasca invasora. O lobo gemeu um pouco enquanto Branca de Neve acariciava as costas dele lentamente, olhando para o objeto em sua mão. Não era maior que um espinho e era tão afiado quanto um.

— Você não conseguia alcançar, não é? — Branca de Neve murmurou. — Que injusto.

E, então, a criatura fez algo notável: deitou-se aos pés de Branca de Neve, o rabo balançando devagar.

— Caldeirões sombrios... — praguejou Henry.

— Como você fez isso? — perguntou Mouse, parecendo chocada. Branca de Neve se virou e segurou o espinho.

— Se alguém está irritado, sempre existe um motivo — ela disse e olhou para o mar de lobos rosnando. — Fale baixinho e mova-se devagar. Podemos ajudá-los se formos pacientes.

Henry e Mouse hesitaram, observando enquanto Branca de Neve se aproximava cuidadosa e pacificamente de outro lobo e removia o espinho de diamante de suas costas. Só depois de ver isso funcionar duas vezes foi que Henry guardou a espada e se juntou a eles.

— Não me morda — ele murmurou para o lobo, estendendo uma mão trêmula. — E, se você morder, só vá em frente e termine o serviço. Eu vou ter merecido por ser tão estúpido.

— Os animais conseguem sentir o nervosismo — disse Branca de Neve.

— Nossa, que notícia reconfortante... — Ele arrancou rapidamente o espinho do lobo, soltando um suspiro de alívio. — Gostaria que isso me fizesse sentir melhor.

— Veja, você conseguiu! — Ela sorriu quando Henry lhe lançou um olhar pouco satisfeito. — Você é mais confiante quando está de mau humor. Acho que isso ajuda.

— Fico feliz em ser útil — resmungou ele, seguindo para o próximo lobo.

Branca de Neve olhou por cima do ombro e percebeu que Mouse estava mantendo distância, ainda em choque.

— Está tudo bem, Mouse — Branca de Neve falou de longe, mas a menina sacudiu a cabeça veementemente e ficou onde estava.

Henry resmungou algo entre os dentes, puxando a mão quando a criatura que tentava acalmar fez menção de mordê-lo.

E eles continuaram.

Foi uma tarefa lenta. Algumas criaturas eram mais relutantes, mais combativas que outras. E havia pelo menos trinta delas para cuidar, e apenas Branca de Neve, Henry e suas mãos para fazer isso. Cada criatura que libertavam ficava deitada na grama, dócil, ou corria para longe. Continuaram até a tarde já ir avançada, quando todos os lobos estavam se sentindo muito melhores — física e emocionalmente. Só então Mouse correu na direção deles, embora se escondesse atrás das saias de Branca de Neve.

Henry parecia esgotado pela experiência. Ele caiu de joelhos, respirando fundo.

— Eu sabia que seria uma provação, mas nunca vi nada *assim*.

— Nem todos os problemas podem ser resolvidos com uma espada — disse Branca de Neve com um leve sorriso. — Justiça e bondade geralmente dão conta do recado com o mesmo sucesso, se não mais.

— Isso *foi* bondade — concordou Henry, com um toque de admiração em sua voz. Então, desviou rapidamente o olhar, ocupando-se em pegar o mapa do bolso, como se não quisesse reconhecer que o método não convencional houvesse funcionado tão bem. — Mesmo assim, ainda prefiro uma espada em uma luta.

— Tem certeza de que não quer tentar do meu jeito primeiro na próxima vez?

— E correr risco de morte de novo? Eu passo. — Ele desdobrou o mapa. Estufou-o. Franziu a testa. — Bem, olhe para isso.

— O quê? O quê? — perguntou Mouse, como só uma criança faria, pulando para ver.

Henry segurou o mapa mais baixo, e Branca de Neve e Mouse se juntaram a ele. Em caligrafia cintilante, a palavra "justa" estava impressa no campo onde se encontravam, e havia um caminho brilhante marcado, que terminava em um segundo local.

— A segunda prova — disse Branca de Neve com um suspiro. — Como é maravilhoso que a magia saiba exatamente para onde nos levar.

— Eu gostaria que apenas nos levasse ao Coração de Rubi — murmurou Mouse.

— Devemos provar nosso valor para ganhar algo tão precioso — disse Henry. Ele as conduziu pelo caminho marcado no mapa.

Branca de Neve e Mouse trocaram olhares divertidos. A crença de Henry no mapa, apesar de seu desdém exterior por tudo o mais, era adorável.

— O que foi? — ele perguntou, notando os olhares das duas. Elas riram em resposta.

Henry revirou os olhos.

— Espero que a próxima prova envolva menos coisas que queiram nos devorar.

Deixaram o campo às pressas — e com razão —, para que os lobos não mudassem de ideia sobre os espinhos e escolhessem novamente o lado da Rainha, um medo que Mouse havia expressado algumas vezes, apesar da insistência de Branca de Neve de que era improvável. E logo encontraram o caminho de volta à trilha que vinham seguindo, na outra extremidade da clareira. Henry ainda ia na frente, caminhando apressado, vez ou outra olhando para o mapa, não falando muito, mas Branca de Neve não se importava; já começava a se acostumar com o silêncio sombrio. Algo nele era reconfortante… talvez porque fosse tão familiar.

Além disso, Branca de Neve e Mouse tinham inventado um novo jogo — cada uma ia adivinhando aquilo para o que a outra estava olhando. Era até que bem parecido com o joguinho que haviam feito anteriormente; porém, havia opções limitadas de brincadeiras para as manterem entretidas durante a caminhada.

A paisagem não havia mudado muito, e o terreno permanecia relativamente plano. Árvores por quilômetros e quilômetros, e uma trilha que continuava indefinidamente. E isso era tudo. A Rainha era astuta de muitas maneiras, mas, curiosamente, não havia se preocupado em adicionar muita variedade à paisagem. Ou talvez tivesse se preocupado, porque Henry parou de súbito. Seu impulso para a frente foi tão abrupto e violento — quase como se ele tivesse se segurado instintivamente para não cair —, que, de imediato, Branca de Neve e Mouse interromperam sua brincadeira animada.

— Não se aproximem — alertou ele, do mesmo modo brusco.

As garotas olharam uma para a outra. Era um pedido tão estranho que, por um momento, Branca de Neve sentiu uma preocupação avassaladora e desejou fazer exatamente o oposto do que Henry havia pedido. Ela o observou — *realmente* o observou, desde o topo da cabeça até as botas. Sua postura estava rígida, e os pés estavam firmemente plantados no chão, afastados em uma base firme, como se ele estivesse se preparando para tomar impulso e lutar.

— Henry?

— Não consigo me mexer — disse ele, a voz incerta, como se não confiasse no que estava dizendo. — Meus pés estão presos.

Ela e Mouse estavam a não mais de um metro atrás dele. Branca de Neve observou com atenção o chão onde ele havia parado. Nada parecia fora do comum. Se bem que, será que havia mesmo alguma coisa *comum* naquele lugar?

— Como assim?

— Não consigo levantar os pés. É como se as minhas botas estivessem presas em alguma coisa.

— Será que é areia movediça? — perguntou Mouse, curiosa. Ao seu jeito típico, ela soava excessivamente animada.

— Não estou afundando — respondeu ele, a frustração encobrindo sua voz. — Só não consigo me mexer.

Ele puxou uma perna, depois a outra, mas não adiantou. Não conseguia descolá-las do chão nem um pouco, e seus pés não estavam posicionados o suficiente para que conseguisse se equilibrar enquanto puxava. Após algumas tentativas, ele suspirou, derrotado.

— Que maravilha... Era exatamente o que precisávamos agora.

— Espere um pouquinho — disse Branca de Neve, avaliando cada centímetro de Henry mais uma vez. Não podia apenas ir até ele e arriscar ficar presa também. Olhou ao seu redor por um momento antes de optar por uma folha comprida e alta de grama. Com cuidado para não se cortar, ela arrancou a grama e voltou para onde estava com Mouse. — Vamos ver onde essa situação pegajosa começa.

Branca de Neve estendeu a mão para o solo com a longa folha de jade, mas não pareceu sofrer o mesmo efeito do que estava aprisionando Henry. Aproximou-se, mantendo a lâmina de grama à frente para ter certeza de que não ficaria presa, mas nem mesmo tocar o lugar onde o pé de Henry estava afixado gerou resultados. Então, ela tocou o chão com a folha e a manteve ali por um instante. Nada. Não ficou presa.

Ouviram um som alto, como o de gelo rachando. Não poderia ter sido gelo; não estava frio o suficiente para isso, mas algo sólido, translúcido e azul-clarinho subia pela bota de Henry, parando logo abaixo do tornozelo. Branca de Neve se perguntou por um momento do que aquilo a lembrava — cristais de rocha, sim. Da maneira como cristais de açúcar deliciosos se formavam e se estendiam por uma cordinha.

De repente, o coração de Branca de Neve afundou e foi parar nos pés. Tudo em que ela conseguia pensar era seu sonho: pedras duras e cruéis subindo pelo seu corpo, consumindo-a. Aquele não era um mundo onde algo tão inocente quanto cristais de açúcar apareceriam e bastava comer para resolver o problema. Não, estavam em Diamant — a malévola criação da Rainha. Em nenhum cenário esses cristais escaladores seriam deliciosos. E Branca de Neve tinha uma sensação de que não seriam tão inofensivos assim.

— Henry — disse ela, forçando-se a deixar o pânico em segundo plano —, consegue tirar suas botas?

— Sem cair? — Ele hesitou, e ela desejou que ele estivesse preso virado para ela, a fim de que pudesse ver sua expressão. — Vou tentar.

Ele fincou a espada no chão — e Branca de Neve viu o cristal azul-pálido recuar da lâmina à medida que Henry se apoiava com uma das mãos para manter o equilíbrio. Com a outra, ele se debatia com a bota. Branca de Neve conhecia essas botas; elas eram um pouco mais altas na panturrilha que a maioria dos calçados como aqueles e costumavam se encaixar tão perfeitamente na perna que era preciso puxar com as duas mãos para descalçá-las. E o pobre Henry — por mais que tentasse, seu pé não saía do lugar. Ele teve que afastar a mão para evitar que as pedras machucassem seus dedos enquanto os descia até o tornozelo.

— Certo — disse ele, sua voz mais angustiada do que ela já ouvira. — Agora está doendo. Está apertando forte.

— O que está acontecendo com Henry? — perguntou Mouse, mantendo uma distância segura.

Ele puxou a espada e usou a extremidade plana para tentar quebrar as pedras que subiam. Funcionou até certo ponto; claramente, não deviam ser tão fortes quanto diamantes. E, de forma estranha, as pedras que ele havia quebrado não voltaram a crescer naquele lugar específico. Só que ele não estava na posição certa para bater com força suficiente sem correr o risco de se cortar. Mesmo que só pudesse ver as costas de Henry, Branca de Neve sabia que ele estava franzindo o rosto.

— Não vá se machucar, Henry — disse ela.

— Já está doendo o suficiente sem eu bater na pedra — respondeu rispidamente.

Saber que ele estava com dor a deixou perturbada, mas ela não podia perder a coragem agora.

— Não entre em pânico.

— Ele está se transformando em uma criatura parecida com os lobos de pedra? — perguntou Mouse.

Branca de Neve respirou fundo, lembrando-se do destino de Jonathan em seu sonho, e, por um momento, pensou que *ela mesma* poderia entrar em pânico, mas não era indefesa. Podia fazer algo a esse respeito. Tinha que fazer.

— Não se eu puder tomar uma atitude.

Precisava encontrar uma maneira de chegar até Henry para ajudar, mas não podia simplesmente caminhar até lá — ou será que podia?

A grama. Não tinha sido afetada pelo que quer que fosse aquela armadilha. Talvez as pedras preciosas de Diamant não pudessem afetar a si mesmas.

— Henry — ela disse —, me entregue sua espada.

— Pensei que você não gostasse de espadas.

Ela resmungou.

— Sério, agora não é hora para isso.

Branca de Neve sabia que ele a estaria olhando de soslaio se pudesse ter virado com segurança, mas lhe entregou a espada mesmo assim, com o cabo voltado para ela. Era mais pesada do que ela pensava que seria, mas isso a tornava ainda mais útil para o que precisava fazer.

Era hora de fazer uma poda.

Ela foi até a beira do caminho e cortou a grama. A espada era tão pesada e afiada que foi fácil. Cortou e fatiou até que seus braços estivessem queimando de esforço.

— Estrela Cadente — disse Henry, nervoso —, sei lá o que você está fazendo, mas faça *rápido*.

Ela levou o desespero dele a sério. Um último golpe foi suficiente. Pegou um punhado de jade, mas, ao se virar, quase o deixou cair outra vez. As pernas de Henry estavam envolvidas praticamente até o topo das botas.

Não havia como permitir que seu pesadelo se tornasse realidade.

Branca de Neve estendeu um pouco de grama à sua frente, criando um caminho — bem, o início de um caminho. Pisar nele a estava deixando nervosa, mas ela suspirou aliviada quando viu que sua teoria estava certa: as pedras preciosas não afetavam umas às outras. Então, ela continuou a preparar a trilha para chegar até Henry, pisando na grama enquanto avançava, até ficar diante dele. Precisou trabalhar às pressas, introduzindo a grama ao redor do topo das botas, na esperança de que as pedras não crescessem sobre a grama e isso lhe desse tempo para descobrir como tirar Henry dali.

Ela ergueu a espada, depois parou. Não. Era muito afiada e pesada. Poderia machucá-lo com facilidade se usasse força demais ou desse um golpe errado nas pedras que subiam. Era um processo delicado, e as pernas de Henry corriam risco.

No entanto, precisava se lembrar de que havia sido ela quem tocara o mapa. A magia no mapa e os desafios que estavam enfrentando agora voltavam-se todos para ela. Significava que tudo ali seria algo que ela poderia resolver por conta própria, mas também que tudo seria resolvido do jeito *dela*, não com a força bruta que Henry usaria.

Precisava pensar rápido em suas outras opções.

Bem, o que ela sabia sobre o cristal? Por um lado, ele se mantinha afastado das outras pedras. Isso significava...

— Henry — disse ela —, vou tentar puxar seus pés para cima. Quando eu fizer isso, tente pisar na grama que espalhei aqui.

Ele estava fazendo caretas, demonstrando desconforto, mas assentiu. Afinal, que outra escolha tinha? Era isso ou ser devorado vivo por um cristal rastejante.

A espada de Henry era muito mais fácil de manusear quando todo o peso estava apontando para baixo. Com muito cuidado, Branca de Neve enfiou-a na base da bota, levantando a borda por baixo. Subir a bota foi mais fácil do que ela imaginava, e talvez Henry não estivesse pronto para que isso acontecesse tão depressa, porque o afrouxamento repentino o fez perder o equilíbrio. Com o peso do cristal que envolvia a metade inferior de sua perna, ele acabou tendo que se contorcer e se balançar para se segurar. Mouse gritou ao ver.

Quando o pé de Henry desceu em direção ao chão, errou completamente a grama. Estava preso outra vez, mas pelo menos não tinha caído. Retornavam à estaca zero, só que, desta vez, Branca de Neve sabia o que fazer — e o que não fazer.

Teria que ajudar a direcionar os pesados pés de Henry, encravados em cristal, para um lugar seguro.

— Isso é estressante! — gritou Mouse. Ela cobriu os olhos e se virou para que não precisasse ver qual tipo de coisa horrível aconteceria em seguida.

Branca de Neve e Henry se entreolharam. Não precisavam ouvir Mouse dizer aquilo para saber que era verdade. Se Henry perdesse o equilíbrio da maneira errada quando Branca de Neve o libertasse e caísse no cristal... Ela nem queria pensar nessa possibilidade.

— Ok — disse ela, tentando controlar sua respiração. — Tente permanecer calmo, Henry. A grama está bem ao seu lado. Tudo o que você deve fazer é dar um pequeno passo para o lado.

— Minhas pernas estão muito pesadas — disse ele. Estava ofegante, o rosto tenso de seu último esforço para mover a perna e, para o desespero de Branca de Neve, claramente de dor. — Não sei se consigo.

— Você consegue, Henry. Tem que conseguir.

Novamente, ele assentiu. Branca de Neve queria tirá-lo o mais rapidamente possível, mas não podia apressar o processo. Ela estava com a parte fácil. Era ele quem tinha que guiar aquela perna pesada enquanto estava desconfortável e com dor.

Quando Branca de Neve soltou a bota, no entanto, Henry fez o seu melhor para movê-la enquanto ela usava a borda plana da espada para direcionar seu pé pela lateral. Ambos soltaram um suspiro de alívio quando o pé dele pousou bem em cima da grama.

— Agora temos uma das pernas em terreno seguro — disse Branca de Neve, tentando parecer encorajadora. — Só precisamos liberar a outra, e você vai poder sair daqui e se sentar. Não vai ser ótimo?

Branca de Neve não conseguia dizer se Henry estava olhando feio para ela ou se apenas sentia dor. De qualquer forma, ele não via o lado bom do evento.

— E depois? Ainda vou continuar com pedaços enormes de cristal nas pernas.

— Vamos lidar com isso quando chegar a hora — disse Branca de Neve. — Está pronto?

Henry deu um suspiro profundo.

— Pronto.

Ela libertou o pé da frente, e ele fez o possível para pisar onde ela estava tentando fazê-lo pisar. E foi isso. Os dois pés estavam plantados na grama segura.

Quando Henry tentou dar um passo com o pé pesado, Branca de Neve correu até ele, então largou a espada sem pensar e se posicionou atrás dele para segurá-lo pela cintura.

— Solte — Henry apressou-se a dizer. — Parece que eu vou cair em cima de você.

— Eu te seguro — insistiu ela. Quando estava certa de que Henry havia recuperado o equilíbrio, ela se posicionou na frente dele, encarando o caminho para a liberdade. — Aqui, segure meus ombros para manter o equilíbrio. E vá devagar.

Branca de Neve manteve os ombros firmes, e Henry apoiou neles com as mãos. Ela deu passos lentos para a frente, permitindo a ele que fosse acompanhando com um pesado passo de cada vez. A pressão e a irregularidade das mãos de Henry oscilavam à medida que ele se mantinha equilibrado a cada movimento. Por fim, ele deu um último passo em terreno sólido, e Mouse aplaudiu.

Quando Henry estava certo de que não ficaria preso ao chão cristalizado outra vez, sentou-se sem muita ajuda, embora com muitos gemidos de dor.

— Não consigo mexer os pés de jeito nenhum — ele disse.

— Qual é a sensação? — Mouse perguntou, olhando, maravilhada, para as pernas dele.

— Como se fossem duas jiboias com espinhos presos na barriga tentando esmagar minhas pernas até virarem pó — disse ele, completamente sem humor. — Obrigado por perguntar.

— Aqui, Mouse. — Branca de Neve entregou à menina uma folha comprida de grama. — Você cuida da perna esquerda dele. Eu faço a direita. É só levantar o cristal com a ponta do jade que ele deve sair.

Mouse franziu os olhos para seu trabalho, enfiando a lâmina sob o cristal perto do topo da bota de Henry. Seus olhos brilharam quando um pedaço se soltou.

— Nooooossa! Que truque legal!

— Você poderia trabalhar um pouco mais — resmungou Henry — e gostar um pouco menos?

— Seja paciente — disse Branca de Neve. — Essas lâminas finas de grama têm algumas limitações. É um pouquinho de cada vez.

— E, a propósito — disse ele, irritado —, você não precisava ter deixado minha espada cair. Tem ideia de quanto tempo eu levei para fazê-la sem as ferramentas adequadas?

— Ou eu deixava a espada cair, ou eu deixava você cair e se machucar.

— Bem, isso já dói — reclamou ele. — Então, escolho salvar a espada na próxima vez.

— Pare de ser tão grosso com Branca de Neve! — Mouse retrucou. — Ela te salvou de se transformar em uma estátua de cristal.

Henry não podia argumentar em contrário, então soltou um resmungo de descontentamento, mas não disse mais nada. Branca de Neve e Mouse trabalharam — bem, Branca de Neve trabalhou, mas Mouse logo ficou frustrada e entediada com a tarefa — até que cada último pedaço de pedra preciosa fosse retirado das botas de Henry.

Quando ela terminou, Henry se jogou para trás, a fim de se deitar. Fechou os olhos, franzindo a testa enquanto respirava fundo. Estava livre daquela armadilha horrível, mas o que veio depois não parecia nem um pouco mais fácil.

— O que posso fazer, Henry? — Branca de Neve perguntou.

— Nada — resmungou ele. — A dor não está mais forte daquele jeito. Tenho certeza de que as minhas pernas só estão doloridas.

A careta que ele fez ao tentar movê-las implicava que havia mais que simplesmente um aspecto dolorido.

— Então, talvez devêssemos dar a essas pernas um pequeno descanso — disse Branca de Neve, estendendo a mão para uma das botas de Henry. — Para não ter mais nada fazendo pressão.

— Não — pediu ele —, não tire. Elas não vão mais servir direito no estado em que estão e vamos ter que seguir viagem logo.

— Dê a si alguns minutos, pelo menos.

— Temos muito terreno para cobrir antes de escurecer. Já perdemos tempo demais.

Branca de Neve colocou as mãos contra o peito de Henry, guiando-o suavemente de volta quando ele tentou se sentar.

— Dez minutos de atraso não vão fazer diferença. Só descanse.

Henry suspirou, mas não tentou se levantar de novo.

— Pode devolver minha espada?

Branca de Neve suspirou em resposta, mas pegou a espada do chão e a entregou a ele. Henry permaneceu deitado, segurando-a para examiná-la em busca de qualquer dano.

— Será que Henry vai conseguir seguir viagem? — perguntou Mouse. — Com toda essa correria que tivemos que fazer, talvez ele devesse voltar para o vilarejo.

— E deixar vocês duas sozinhas na selva? — disse ele, levantando uma sobrancelha. — Obrigado pela piada.

Mouse fez uma careta, colocando as mãos na cintura.

— Você vai nos atrasar com suas pernas comidas por cristais.

— Pelo menos eu não vou ter que engatinhar como um bebê pelo resto da viagem!

Mouse mostrou a língua para ele, encerrando a discussão.

— Não há necessidade de toda essa briga, vocês dois — disse Branca de Neve. — Henry, tem certeza de que não tem nada que possamos fazer? Se existem Pedras do Esquecimento, deve haver algum tipo de pedra de cura aqui, não é?

— Nunca ouvi falar de algo assim — disse Mouse com um encolher de ombros. — E, de qualquer forma, quando ficamos dentro das muralhas, ninguém se machuca. Nunca tivemos que lidar com nada disso!

— Mas há magia boa aqui — disse Branca de Neve —, junto com a má. Para qualquer coisa maligna que as pedras preciosas aqui façam, deve existir alguma coisa que possa equilibrar.

— Existe algo — disse Henry, e suas duas companheiras se viraram para olhá-lo. Ele fez uma careta. — Deixa para lá. É impossível encontrar.

— Se isso for te ajudar — disse Branca de Neve —, então vale mais que a pena.

Ele suspirou, apoiando-se nos cotovelos.

— Semente dos Desejos. — Ao ouvir isso, Mouse fez caretas e ele revirou os olhos antes de continuar. — Já vi gente usando essas sementes. A lenda diz que, quando a Rainha ficou sabendo sobre o Coração de Rubi, ela tentou destruí-lo, mas tudo o que conseguiu foi quebrar pedaços dele. Esses pedaços ficaram espalhados, mas, dizem, têm algumas das mesmas habilidades de desejos que o Coração de Rubi. Vi uma semente curar o braço quebrado de um homem.

— Bem, então está resolvido. Vamos encontrar a Semente dos Desejos — disse Branca de Neve.

— É muito perigoso — Henry gemeu.

— Você estar ferido é um perigo. Não podemos viajar com você nesse estado. Deixe-me ir procurar a única coisa que pode te ajudar.

Henry suspirou, derrotado.

— Onde há corvos, geralmente há Semente dos Desejos. Eles gostam de recolher as sementes e guardá-las.

— Eles gostam de *coletar* e conceder *presentes* — disse Branca de Neve, corrigindo-o. Ela sorriu. — Não deve demorar muito. Sei muito bem como encontrar corvos.

— Amigos seus? — ele perguntou.

— Apenas fique aqui e descanse. Ah, e vou precisar da sua espada.

— Você recusou uma espada quando eu te ofereci e agora é a segunda vez que vai usar a minha. É melhor se decidir, né?

— Sua espada, por favor? — Ela estendeu a mão para Henry até que ele, relutante, a entregou. — Volto logo.

— Eu vou junto! — disse Mouse e deu pulinhos para chegar ao lado de Branca de Neve.

— Perfeito — disse esta, abraçando-a pelos ombros. — Precisamos de duas pessoas para roubar direito dos corvos. Mas antes... — ela cravou a lâmina da espada no chão e depois olhou para cima, na direção da copa das árvores — ... temos que descobrir onde essas aves vivem.

Ela começou a escalar a árvore mais próxima, com Mouse logo atrás dela, pois a menininha não queria perder um único momento. As árvores de pedra preciosa, no entanto, eram significativamente mais lisas que as árvores normais em seu mundo, que tinham uma casca deliciosa que dava para agarrar. Por sorte, os galhos estavam próximos o suficiente uns dos outros para que Branca de Neve pudesse escalá-los tal qual uma escada irregular, subindo de um para outro. Mouse ultrapassou Branca de Neve escalando pelo lado oposto da árvore, depois se sentou no topo e esperou, balançando os pés. Os galhos eram desconfortavelmente estreitos mais perto do topo, e parte de Branca de Neve duvidava que pudessem sustentar tanto ela quanto Mouse, mas escalar a árvore era apenas o primeiro passo — o mais fácil, para ser honesta. Se não conseguisse passar por essa etapa, não havia esperança de roubar dos corvos.

Mas não fazia sentido lançar-se nesse desafio com insegurança, então ela deixou as dúvidas desaparecerem no fundo de sua mente quando chegou ao topo.

O sol era muito mais brilhante lá em cima, refletido intensamente pelas folhas. Por um momento, Branca de Neve teve dificuldade em encontrar o que procurava. Sabia que, se houvesse corvos a encontrar, eles também seriam feitos de algum tipo de pedra preciosa e poderiam refletir a luz tão intensamente quanto as folhas de esmeralda.

Eis que ela avistou, porém, criaturas em forma de pássaros a mais de um quilômetro de distância, empoleiradas no topo de uma árvore ligeiramente mais alta que aquela que ela e Mouse haviam escalado. A luz ofuscante tornava difícil determinar sua coloração, mas Branca de Neve estava confiante de que eram semelhantes aos corvos de seu mundo.

Aquilo acabaria mais depressa do que ela pensava.

— Voltamos já! — Branca de Neve gritou para Henry quando ela e Mouse voltaram ao chão. Ela apoiou a lâmina da espada no ombro, e, com um olhar cético, Henry as observou partir.

Caminharam casualmente — ou, pelo menos, não no ritmo intenso que Henry adorava impor, com seus passos largos e a abordagem determinada de nunca perder a luz do sol. Não podiam correr o risco de assustar os corvos antes da hora certa. Se as criaturas se tornassem territoriais e começassem a defender sua casa, não haveria esperança real de recuperar o que Branca de Neve e Mouse tinham ido buscar.

E se os corvos fossem algo como aqueles lobos, Branca de Neve e Mouse teriam que ser ainda mais cuidadosas.

— Acabei de pensar em uma coisa — disse Mouse, pegando um graveto solto do chão. — E se encontrarmos lobos de novo?

— Agora sabemos como domesticá-los — Branca de Neve respondeu simplesmente.

— Ah, tá. — Caminharam em silêncio, mas por menos de um instante, já que Mouse estava ali. — E se um deles for atrás do Henry?

— Ele vai ficar bem, Mouse. Sinceramente, por mais que eu odeie vê-lo sofrer, estou feliz por estar descansando, para variar.

— Sim, eu também. Ele anda muito rápido para mim. — Mouse fez uma pausa. — Mas como você sabe que são corvos? E se forem algum outro pássaro? E se estivermos indo até lá à toa?

— Os corvos gostam de fazer reuniões de família no topo de árvores altas — disse Branca de Neve. — Eu não poderia reconhecê-los pela cor, mas estou quase certa de que são corvos.

— E se chegarmos lá e esse pouco que você não está certa de que são corvos estiver certo?

— Bem, agora você parece o Henry falando.

— Credo! — Mouse colocou a língua para fora e depois a limpou com as mãos para enfatizar o quanto não estava gostando nadinha daquela comparação. — Eu não quero ser o Henry.

Branca de Neve afagou os cabelos da menina risonha.

— Então, nada de negatividade aqui.

Mas não tinham dado dez passos a mais quando a menina explodiu, como se estivesse guardando o comentário para si até aquele momento:

— Acho que deveríamos mandá-lo para casa.

— Ele não pode voltar para casa agora e também não pode continuar a jornada. A Semente dos Desejos vai resolver tudo.

— Mas ele fez muitas jornadas em busca do Coração de Rubi e fracassou todas as vezes. Ele dá azar ou algo assim.

Branca de Neve franziu a testa, mas continuou andando apressada.

— Pare com isso agora, Mouse. Ele não dá azar.

— Ou ele dá azar, ou não existe Coração de Rubi.

— Mouse — Branca de Neve disse com firmeza. — Não diga essas coisas.

Ele podia estar mal-humorado, mas isso não o tornava um portador de infortúnios.

— Nós três saímos do vilarejo juntos — disse Branca de Neve — e é assim que vamos voltar. — Ela ajustou a espada no ombro e continuou andando.

Mouse caminhou atrás dela, mas, então, acabou esquecendo seu mau humor e correu à frente, andando em forma de oito em torno das árvores.

Quando estavam a uns quatrocentos metros de distância, Branca de Neve parou, puxando Mouse para trás de uma árvore.

— Então, Mouse, vou te falar o plano. Você vai subir nesta árvore e usar a espada de Henry para refletir o sol, distraindo os corvos. Depois, quando eles estiverem voando na sua direção, eu vou entrar de fininho no ninho secreto deles.

— Que ninho secreto? — Mouse perguntou, franzindo o nariz.

— Você não sabe? Todos os corvos têm um ninho secreto. — Branca de Neve sussurrou como se fosse um segredo.

Ela viu o espanto nos olhos de Mouse quando esta perguntou:

— Onde?

— Não sei bem. — Branca de Neve hesitou. — Mas tenho certeza de que não vai ser difícil de encontrar.

— Espere um segundo — disse Mouse, a preocupação voltando ao seu rosto. — E se, quando eu estiver distraindo os corvos, eles tentarem arrancar meus olhos?

— Você quis vir junto, então terá que ser corajosa e fazer sua parte. Além disso, terá a espada para se defender.

Mouse se animou, como se nunca tivesse considerado isso.

— Ah, é verdade.

— Ok, está pronta?

— Pronta. — Mouse sorriu.

Branca de Neve correu em direção à árvore que abrigava os corvos e deu um suspiro profundo antes de começar a escalá-la. Avançou com cuidado, para não causar uma perturbação. Não podia chamar a atenção deles quando estava tentando roubá-los. Segurou a árvore com força quando esta balançou e, quando olhou para cima, a maioria dos corvos tinha voado. Seu plano estava funcionando, mesmo que não conseguisse enxergar, de onde estava escondida entre os galhos, o brilho da espada de Henry nas mãos de Mouse.

Mas talvez tivesse comemorado cedo demais, porque, como Mouse a fizera admitir, ela não tinha ideia de onde ficava o ninho secreto dos corvos. Teria que procurar depressa ou correria o risco de perder todo o tempo que Mouse estava ganhando para ela. Com os corvos fora e grasnando ao longe, ela ouviu os pequenos piados dos filhotinhos.

Aquilo era um começo.

Alguns metros acima dela havia um ninho, e, quando subiu o suficiente para dar uma olhada lá dentro, viu que ele abrigava cinco filhotes minúsculos. Por um momento, Branca de Neve pensou que estava enganada, que não eram corvos, afinal. Eram de um laranja dourado, como um pôr do sol quente, e tinham uma leve transparência, em vez de serem pretos, como corvos deveriam ser, mas, de repente, ela percebeu que deviam sua aparência ao fato de serem feitos de âmbar. Havia pequenas moscas e aranhas presas dentro de seus corpos, preservadas para sempre. Era um pouco inquietante, por mais fofos que os filhotes fossem.

Branca de Neve voltou a atenção para o tronco da árvore, onde havia um pequeno buraco. Soltou um suspiro de alívio e, com cuidado para não perturbar o ninho, espiou dentro. Com certeza, aquele era o local onde os corvos guardavam seus tesouros. Havia pedras preciosas de todos os tipos lá dentro, mas também facas, joias — e pequenos seixos escarlates.

Aquilo tinha que ser a Semente dos Desejos. Os itens eram irregulares e não eram uniformes — um sinal claro de que realmente haviam sido partidos de uma fonte maior. Eram pequenos, tecnicamente seixos, mas alguns se assemelhavam a grãos de arroz. E eram rubis com certeza — bem, não com tanta certeza, já que era possível serem outro tipo de pedra preciosa vermelha, mas, quando combinava os outros fatos com a cor, Branca de Neve estava certa de que era a Semente dos Desejos.

Brilhavam e cintilavam o suficiente para não poderem ser nada além de mágicos.

Os filhotes de corvo começaram a piar como se estivessem com fome. A última coisa de que Branca de Neve precisava era que os pais ouvissem e voltassem para ver o que havia de errado. *Não enrole, Branca de Neve.* Cuidadosamente, ela estendeu a mão para dentro do buraco e pegou todas as sementes que conseguiu encontrar. Quanto mais ela recolhia, mais os filhotes piavam, como se fossem os guardiões de todos os tesouros dos corvos.

— Oh, não, pequeninos, não chorem — ela murmurou, mas, à medida que piavam mais alto, o coração dela entrava em pânico. — Por favor, parem de chorar.

Ela guardou as Sementes dos Desejos no fundo do bolso de sua saia.

E os filhotes enlouqueceram.

— Essa não, essa não, essa não... — Branca de Neve olhou rapidamente para cima e, através das folhas e galhos, podia ver as formas dos corvos, que iam retornando.

Os guinchados dos filhotes tinham encontrado a atenção que eles buscavam — e a atenção que Branca de Neve queria evitar a todo custo.

Quando ela desceu e chegou ao chão, alguns deles começaram a mergulhar. Seus corpos de âmbar eram fáceis o suficiente de ver e, ao mesmo tempo, impossíveis de acompanhar. Ela havia esquecido — *novamente* — que os animais ali não eram como os do mundo desperto. Ou talvez esperasse que, como a pessoa que havia feito os animais não sabia muito sobre as criaturas, eles fossem apenas versões generalizadas dos originais: os lobos eram predadores na vida real, então aqui era só isso que eles eram. Os corvos eram curiosos, então aqui não eram nada além disso.

Mas Branca de Neve havia calculado mal. A Rainha era má, e nada ali tinha boa intenção para com eles, a despeito de como se comportassem na vida real.

— Mouse! — ela chamou enquanto corria, os braços cobrindo a cabeça para se proteger dos constantes voos rasantes que vinham de todas as direções. Estava grata por ter pegado uma quantidade extra de Sementes dos Desejos; Henry havia mencionado que apenas uma poderia curar um braço quebrado. Então, ela esperava que ele só estivesse precisando de algo assim agora. Branca de Neve jogou algumas delas; seus perseguidores morderam a isca e voaram para buscá-las. No entanto, enquanto estava distraída, um grande corvo mergulhou e a desequilibrou. Ela caiu apoiada nas mãos e nos joelhos, e sua tentativa de se levantar novamente foi interrompida quando um grande corvo pousou na frente dela.

Ele grasnou um aviso, um som perigoso que era menos de corvo e mais de monstro. Branca de Neve estava absolutamente certa de que não queria mais nada que tivesse a ver com aqueles corvos.

Pegou outra Semente dos Desejos do bolso e, por sorte, quando a jogou, o corvo se distraiu por tempo suficiente para ela se levantar e correr. Viu Mouse à frente, arrastando a espada de Henry atrás de si, com os corvos todos a sobrevoando, tentando pegar o objeto pesado e levá-lo para seu ninho de tesouros.

— Branca de Neve! — Mouse gritou, balançando a cabeça, desanimada. — Eles não querem ir embora!

Branca de Neve chegou até Mouse e pegou a espada dela.

— Xô! — ela gritou.

Mouse a imitou gritando:

— Xô, passarinho! — Repetiu os gritos algumas vezes, mas sem fazer muito mais que isso.

Branca de Neve pegou a espada e a segurou abaixada, apenas na altura do joelho, já que o bando de pássaros âmbar empoleirava-se na lâmina e puxava-a, o que a tornava significativamente mais pesada. Branca de Neve bateu-a contra a árvore mais próxima. À medida que os corvos começaram a se levantar em revoada, a lâmina ficou mais leve, até que ela pôde fincá-la na árvore, fazendo, assim, todas as criaturas se dispersarem com grasnados zangados.

Ela pegou todas as Sementes dos Desejos, exceto uma, do bolso e as lançou para longe, fazendo a maioria dos corvos voarem naquela direção.

— Corra, Mouse! — ela gritou, e as duas saíram correndo o mais rápido que puderam.

Os corvos perderam o interesse ou convenceram-se o suficiente de que seu território estava seguro e seus filhotes, a salvo, porque, depois de um pouco de corrida, as duas finalmente conseguiram diminuir o ritmo para uma caminhada. Enquanto recuperavam o fôlego, olharam uma para outra... e começaram a rir.

— Isso foi *divertido*! — disse Mouse.

— Com certeza foi uma aventura.

Foi um pouco divertido, era preciso admitir — embora mais divertido *depois* que durante, na opinião de Branca de Neve. A ideia toda — ser perseguida por corvos — era bastante ridícula. Claro, por ordens da Rainha, ela havia sido perseguida por soldados armados pouco antes de morder a maçã no mundo real, então, em comparação, os corvos eram definitivamente muito mais divertidos.

— Vamos levar isso para Henry — disse Branca de Neve, apanhando a última Semente dos Desejos do bolso — e seguir nosso caminho.

Henry ainda estava onde elas o tinham deixado, felizmente inteiro, com as mãos atrás da cabeça, deitado de costas. Com a exclamação de Mouse de "Conseguimos!", no entanto, ele se sentou e olhou por cima do ombro.

— O que vocês fizeram? — disse ele, puro espanto em sua voz.

Branca de Neve pegou sua mão, segurando-a com a palma para cima para poder colocar a Semente dos Desejos ali.

Henry arregalou os olhos.

— Onde você encontrou isso?

— Eu te disse que sabia onde encontrar corvos — afirmou Branca de Neve. Ela deu um tapinha no ombro dele.

Por um momento, Henry ficou sem palavras; ele certamente tentou, abrindo a boca algumas vezes antes de fechá-la de novo. Por fim, simplesmente suspirou e cerrou os olhos. E devia ter feito um desejo, porque Branca de Neve viu a semente se desfazendo no pó mais fino na mão dele. Ele sacudiu as mãos e cuidadosamente se levantou.

— Funcionou? — perguntou Branca de Neve.

— Funcionou. — Henry jogou a mochila sobre o ombro como se nada tivesse acontecido um momento antes. — Vamos continuar.

O alívio a inundou.

— Ótimo, mas se eu te vir fazendo careta, vamos parar imediatamente para descansar.

— Então vou me esforçar para ser estoico.

Branca de Neve riu da seriedade com que ele disse aquilo.

— Você não pode se esconder de mim, Henry. Vou ficar de olho em você como um falcão. — Para provar isso, ela o circulou, observando sua postura.

Um pequeno sorriso rompeu a máscara de mau humor de Henry por um momento, mas ele logo se aproximou para cortar a grama antes que ela pudesse chamar a atenção para isso. E, então, ela e Mouse o ajudaram a espalhar a grama sobre o local onde ele havia ficado preso, usando as lâminas de vegetação para cruzar em segurança até o terreno firme.

Uma vez do outro lado, Henry bateu palmas.

— Parece que a Rainha foi mais criativa com as armadilhas do que esperávamos.

— Isso só nos dá mais motivos para desapontá-la — disse Branca de Neve, sorrindo.

Seu breve momento de esperança foi interrompido pelo grasnado dos corvos. Os três olharam para o alto e viram que o bando se aproximava — não a família completa que Branca de Neve e Mouse haviam afugentado, mas corvos suficientes para causar muito mais problemas do que ela gostaria.

Se bem que problema *nenhum* seria preferível.

— Ah, seus amigos voltaram — disse Henry, lançando a Branca de Neve um olhar significativo.

— Por que tivemos que roubar as coisas deles? — lamentou Mouse. — Agora eles voltaram para nos comer!

Branca de Neve engoliu em seco. Mouse estava certa: os corvos não pareciam felizes por terem descoberto o que estava faltando. Branca de Neve agarrou o braço de Henry.

— Precisamos ir.

— Então quer dizer que você não quer falar "oi"? — Henry perguntou sarcasticamente enquanto Branca de Neve o arrastava para longe. Ele olhou por cima do ombro, sua expressão cada vez mais séria. — Vamos despistá-los atravessando o rio. O território deles termina do outro lado. Eles não vão se incomodar em nos seguir mais.

Se quisessem despistá-los de verdade, porém, não havia tempo para prosseguir com cautela e evitar qualquer descoloração no caminho que significasse outra armadilha de cristal. Só lhes restava esperança de não encontrar nenhuma. Só precisavam correr.

Branca de Neve estendeu as mãos, pegou a mochila de Henry e a colocou nas costas. Henry se abaixou, ajudando Mouse a subir em suas costas, segurando-lhe as pernas enquanto ela abraçava seu pescoço. E saíram correndo.

Aqueles corvos pretendiam se vingar e se vingar depressa.

— Eles estão se aproximando! — Mouse gritou, e Branca de Neve não queria olhar de novo, mas ouvia que os gritos iam ficando cada vez mais altos. Eram monstros, tratava-se de uma verdade simples, tanto quanto o fato de que a Rainha os projetara

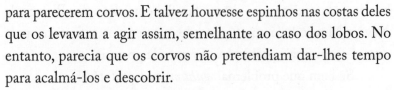

para parecerem corvos. E talvez houvesse espinhos nas costas deles que os levavam a agir assim, semelhante ao caso dos lobos. No entanto, parecia que os corvos não pretendiam dar-lhes tempo para acalmá-los e descobrir.

— O rio está logo ali na frente — gritou Henry.

E estava, felizmente, logo depois da curva do caminho. Frearam na beira do rio. As águas fluíam em um ritmo tranquilo, mas, ainda assim, elas se moviam, e eles não conseguiam dizer se estava fluindo rápido demais para nadar com segurança. Sem mencionar que a superfície não estava clara, turva pelos sedimentos perturbados no leito, então era impossível avaliar a profundidade. Se bem que os detalhes não eram importantes. A sobrevivência é que importava.

Henry tentou colocar Mouse no chão, mas ela se agarrou a ele, quase o sufocando com os braços em volta do pescoço.

— Não sei nadar — disse ela, agarrando-se a Henry como se sua vida dependesse disso.

— Eu te carrego, sua menina boba — disse Henry, impaciente. — Agora me solte.

— Não quero me molhar.

— Caldeirões sombrios! — ele praguejou. — Então morra nas mãos dos corvos. Não temos tempo para isso.

A garota deu um gritinho e começou a chorar, e Henry, achando muito pouca graça, fez careta com o volume estridente perto do ouvido.

— Você a está assustando, Henry — disse Branca de Neve, lançando um olhar desaprovador para ele. Ela espiou para trás, vendo os corvos se aproximarem, agora perto demais para o seu gosto. — Tem certeza de que só precisamos atravessar o rio?

— Não deve ser muito longe daqui. Estamos quase lá — disse Henry rapidamente, enfim afastando os dedos chorosos da menina e colocando-a no chão. — Você consegue nadar com esse vestido?

— Vou ter que nadar — disse Branca de Neve. Ficaria pesado, mas isso não importava no momento.

Henry pegou a bolsa dela e a colocou nas costas antes de entrar na água.

— Congelante — ele murmurou, arrepiado com a temperatura do rio, mas não parou. Até aquele ponto, a água chegava apenas à cintura enquanto ele permanecia em pé. — Nos meus ombros — disse ele, virando-se.

Mouse se agarrou a Branca de Neve, mas ela convenceu a garota com palavras suaves e um empurrão gentil, e a fez sentar nos ombros de Henry, justamente quando um corvo mergulhou na direção da cabeça de Branca de Neve.

— Entre na água — disse Henry. — Tenho minha espada. Mouse e eu vamos alcançar você.

— Você nem vai chegar ao meio.

— Entre na água — ele repetiu, sua preocupação saindo como raiva. — Você está louca? — Mas ele começou a andar no leito do rio, seu corpo se aprofundando sob a superfície à medida que ele avançava.

Talvez ela estivesse louca; afinal, Henry tinha sua espada, e ela não tinha nada além de seus braços para se defender. Mas queria dar a eles um momento e uma vantagem. Nadaria e chegaria ao outro lado mais rápido do que eles iriam andando.

Então, ela gritou e agitou as mãos para os corvos, que davam voos rasantes, esperando que seus amigos percorressem pelo menos um quarto do caminho através do rio. Em seguida, mergulhou na água e nadou para salvar a própria vida.

A correnteza não estava forte, e, se era possível dizer algo, estava-a ajudando um pouco a ir na direção da margem oposta, mesmo que a levasse em um ângulo inclinado. Foi só quando chegou ao outro lado que um problema se apresentou: seu vestido não a tinha afundado muito enquanto nadava, mas agora se sentia vinte quilos mais pesada em todo aquele tecido encharcado quando tentava puxar a si mesma para a margem.

Mouse gritou em aflição, e, quando Branca de Neve olhou para cima, viu três corvos mergulhando na direção da cabeça da garota. Ela e Henry ainda não estavam na metade do caminho; os corvos e os gritos frenéticos de Mouse retardavam o progresso de Henry. Branca de Neve se lançou em ação, cravando as unhas na terra para se segurar e arrastar seu corpo encharcado até a margem. A água escorria de seu vestido, e era difícil se levantar, mas seus amigos precisavam dela. Ela estendeu a mão para a árvore mais próxima e agarrou algumas folhas. Não pensou muito nisso — se pensasse, duvidaria de sua mira — e atirou uma pedra na direção dos corvos. Não acertou nenhum, mas foi o suficiente para fazer um deles decidir que aqueles humanos não valiam a pena o esforço. Restavam apenas mais dois.

Ela jogou mais uma e, por pouco, não atingiu a cabeça de Mouse. Assustou os corvos por um momento, mas não os afastou por muito tempo.

— Não sei o que seria pior! — gritou Mouse. — Você me matar com uma pedra ou os corvos me comerem!

— Mouse — gritou Branca de Neve —, abaixe-se!

Ainda gritando, a menininha encolheu a cabeça e a cobriu com os braços, enquanto Henry exclamava:

— Pelo amor de tudo, pare de gritar!

— Ok, pedra — sussurrou Branca de Neve —, não atinja meus amigos.

Ela continuou sua saraivada de pedras, que nunca chegaram a atingir um único pássaro, mas perturbaram seus padrões de voo e os afastaram de Mouse e Henry. E logo se tornaram uma grande irritação, o suficiente para convencer os corvos restantes a saírem.

Branca de Neve suspirou aliviada. Com a ameaça dos corvos para trás, ela começou a apertar a saia de seu vestido. Com a quantidade de água que escorria no chão, poderia ter enchido uma banheira.

Henry e Mouse finalmente chegaram aonde ela os esperava, e Mouse se esticou para Branca de Neve, que a ajudou a descer dos ombros de Henry e a colocou na margem do rio. Mouse deitou-se de costas, a boca tremendo de emoção. Branca de Neve não podia culpá-la. De alguma forma, aquele ataque de corvos fora muito mais traumático que seu primeiro encontro.

— Meus sapatos estão completamente molhados — choramingou a garotinha.

Naquele momento, Branca de Neve se lembrou de que Mouse ainda era uma criança, e talvez Henry estivesse certo sobre missões não serem coisa para crianças.

— Todos estamos molhados juntos, Mouse — disse Branca de Neve, docemente. — Está tudo bem. O sol vai nos ajudar a secar.

— Mas é desconfortável — ela disse e caiu em lágrimas outra vez.

Branca de Neve abraçou a menininha. Então, fez contato visual com Henry e viu a irritação em sua expressão.

Branca de Neve suspirou.

— Tenha compaixão, Henry. Ela é só uma garotinha.

Henry torceu sua camisa, franzindo a testa com a quantidade de água que caía sobre as botas.

— Não temos tempo para parar sempre que Mouse se sentir incomodada.

— Nós acabamos de parar por sua causa, lembra? — Mouse gritou, com sua vozinha soando desolada.

— Eu estava ferido. Seus sapatos estão molhados. Existe uma diferença. — Ele começou a se afastar, mas Branca de Neve o deteve com uma expressão severa, e ele pelo menos teve a decência de parecer levemente envergonhado, quando acrescentou: — Eu sei que todos nós estamos cansados, mas temos muita estrada para percorrer antes do anoitecer.

Ele continuou andando.

Ela balançou a cabeça atrás dele e se ajoelhou ao lado de Mouse.

— O que você quer fazer, Mouse? Talvez queira tirar os sapatos? Posso segurá-los para você até que sequem.

Mouse parou de chorar e piscou para afastar as lágrimas restantes, fungando um pouco.

— Tudo bem — disse ela. Mouse tirou os sapatos e os entregou a Branca de Neve antes de pular com nova energia e correr para alcançar Henry. — Vamos lá, Branca de Neve! Se apresse!

Branca de Neve sorriu, embora de forma ligeiramente confusa. Decerto, Mouse era fã de um pouco de drama. Ela amarrou os cadarços da garotinha e pendurou os sapatos ao redor do pescoço antes de correr para alcançar seus companheiros.

O dia parecia interminável. Continuaram seguindo o caminho no mapa, mas do lado oposto do rio. Branca de Neve e Henry caminhavam lado a lado, enquanto Mouse ia à frente, correndo, subindo em árvores e tentando pegar grilos que pulavam alto. Seus pés não pareciam doer nem um pouco, batendo em todas as pedras duras, e ela não parecia preocupada em ir na frente, considerando que Henry tinha acabado de ser resgatado de uma armadilha e quase tinham sido assassinados por um bando de corvos. Mas talvez isso fosse saudável. Não se podia passar a vida temendo os "e se?".

— Henry — disse Branca de Neve depois de um tempo aproveitando a jornada em silêncio —, posso te fazer uma pergunta?

— Acho que nós dois sabemos que você vai perguntar de um jeito ou de outro, não importa o que eu responda.

— Como você pode ser... quase fantasioso quando se trata da magia do mapa, mas, então, ser um realista tão sombrio quando se trata do resto do mundo?

— Fantasioso? — Ele pareceu um pouco surpreso. — Não é uma palavra que eu imaginava que seria associada a mim.

— Não significa que ser fantasioso seja algo ruim.

— O mapa funciona — disse ele, claramente irritado por estar sendo associado à palavra "fantasioso". — É a única magia em que confio por aqui.

— Por quê? Se este mundo foi criado pela Rainha, como você pode confiar em qualquer coisa feita aqui?

— Para ser sincero, eu não sei. Não sei quem o fez. Esse mapa foi encontrado no oco de uma das árvores quando o vilarejo estava sendo construído. Mas é a nossa única esperança. Temos que confiar em *alguma coisa*.

— Podemos confiar um no outro — disse Branca de Neve.

Ele a olhou com ceticismo, mas de um jeito que beirava a zombaria.

— Não sei. Confiar em você nos faz ser perseguidos por uma chuva de esmeraldas.

— E confiar em *você* quase nos faz ser comidos por lobos.

Branca de Neve abriu um sorriso antes de Henry, que esfregou o rosto para esconder o seu.

Mouse riu alto enquanto girava o suficiente para ficar tonta. Ela cambaleou por um tempo, rindo, até que caiu.

— Ela está aqui há tanto tempo — disse Branca de Neve com carinho e admiração em sua voz — e ainda é tão alegre. É lindo ver!

— Ela aceitou o destino — disse Henry, com um tom sério.

— Talvez não. Caso contrário, por que viria conosco? Ela deve acreditar que podemos encontrar o caminho de volta.

— Ela só está entediada.

Branca de Neve o encarou, procurando decifrar sua expressão.

— Você não parece gostar muito dela.

Henry ficou em silêncio por um momento.

— É só que ela leva tudo na brincadeira...

— Acho que está tudo bem. Suponho que agora ela considere Diamant seu lar. Todos lidam com as coisas de forma diferente.

Henry lançou um olhar rápido para ela, interrompendo seu passo por um momento antes de franzir o cenho e continuar.

Branca de Neve franziu os lábios diante da reação dele. Não conseguia entender por que os dois sempre estavam em algum tipo de conflito.

— Vocês dois têm algum tipo de... desentendimento?

Henry bufou.

— Eu sou um perturbador da paz, de acordo com metade da cidade, incluindo Mouse. Ou eu era quando costumava incentivar as pessoas a virem comigo para encontrar o Coração de Rubi. — Ele hesitou por um momento, depois deu de ombros. — Mas não faço mais isso, então...

— Que coisa terrível...

— Provavelmente, agora é de você que eles cochicham.

— De mim? — Branca de Neve arregalou os olhos.

— Você perturbou a paz deles.— Henry deu de ombros novamente, agora com um pequeno sorriso. — O lado positivo é que você não é um de nós realmente até que tenha se tornado o alvo de fofocas cruéis. Então, suponho que agora posso mesmo lhe dar as boas-vindas a Diamant.

— Bem, as coisas vão ser diferentes quando trouxermos o Coração de Rubi de volta — disse Branca de Neve com um encolher de ombros.

— *Se* trouxermos.

— *Quando*. — Branca de Neve o encarou com firmeza. Henry balançou a cabeça.

— Suas expectativas irreais são apenas... frustrantes. Sim, "frustrantes" é a opção mais educada.

— Ora, Henry, não finja que não gosta de mim também. A única resposta dele foi um resmungo.

— Do que você *gosta*? — Branca de Neve perguntou, bem-humorada. — Por acaso tem alguma coisa de que você gosta?

— Se eu *gosto* de alguma coisa? — Henry levantou uma sobrancelha.

— Quais são seus passatempos, seus sonhos? O que te faz feliz?

Henry pareceu um pouco menos carrancudo, e era tudo o que ela queria, quebrar um pouco de suas defesas.

— Vou te falar uma coisa: estou achando você um pouco curiosa demais para o meu gosto agora.

— Eu sei o que você gosta de fazer — disse Branca de Neve, lançando um olhar astuto para ele. — Forjar espadas.

— Essa é a minha vocação. Só calhou de ser útil aqui. — Ele parou, depois suspirou. — Quero dizer, eu gosto de forjar...

— A-ha! — Branca de Neve cutucou o braço dele e percebeu que ele estava tentando não rir. — Eu sabia.

— Não acho que uma habilidade conte como um passatempo se você precisa dela para sobreviver.

— Está bem, então. — Branca de Neve tocou o queixo, analisando Henry. — Se forja de espadas não conta como seu passatempo, então deve ser...

— Por que não falamos sobre os *seus* passatempos? — ele interrompeu. — Acho justo.

— Meus passatempos? — Branca de Neve fez uma pausa por um momento para pensar.

Durante metade de sua infância, ela não tivera permissão para se divertir muito — porque a Rainha não tinha uma opinião muito elevada de felicidade e diversão. Havia o poço dos desejos para visitar, mas não muitas atividades.

Henry deu risada, despertando-a de seus pensamentos.

— Estrela Cadente, você está sem palavras? É um milagre.

— Ah, fica quieto, Henry.

— Nós deveríamos documentar este momento.

— Bem, se você precisa saber, eu adoro dançar.

Henry bufou.

— Esse não é um requisito para as princesas?

— Sério, você não deveria fazer suposições. — Branca de Neve sorriu. — Além disso, ser obrigada a fazer alguma coisa é diferente de amar fazer essa coisa.

— Bom ponto.

— Mas de qualquer forma — continuou ela, sorrindo —, você não pode negar que sou ótima nisso.

— Ótima em quê?

Branca de Neve arregalou os olhos e então o cutucou no braço.

— Dançar, seu bobo.

Henry estava sorrindo, incapaz de esconder.

— Você é mais ou menos, no máximo.

Ela se colocou na frente de Henry, interrompendo-o em seus passos.

— *Perdão?* Você está me desafiando?

A expressão dele esmoreceu.

— Absolutamente não.

— Nós dois sabemos que você gosta de dançar tanto quanto eu. — Branca de Neve riu, passando o braço pelo dele enquanto continuavam o caminho para alcançar Mouse. — A noite ontem foi maravilhosa, não foi?

— Foi — murmurou Henry, com um tom que expressava sua relutância em admitir que era capaz de se divertir.

— Mas o que eu gostaria de saber é por que é necessário o uso de uma Pedra do Esquecimento para que você se permita experimentar a alegria.

Os passos de Henry vacilaram, e ele se desvencilhou de Branca de Neve.

— Eu preferiria não falar sobre isso.

— Mas você estava muito diferente ontem à noite. Parecia tão feliz. Tão livre.

— Vamos nos concentrar em chegar ao nosso destino sem incidentes — disse ele. — Quem sabe quais outras armadilhas vamos encontrar...

— Henry. — Branca de Neve se apressou para ficar na frente dele e ergueu as mãos para detê-lo. — Henry, por favor. O que foi que você quis esquecer ontem à noite? Se me contar, talvez eu possa te ajudar.

Ele balançou a cabeça, claramente incapaz de olhá-la nos olhos quando disse:

— Não é importante.

— Deve causar muita dor se você precisa recorrer à magia para esquecer.

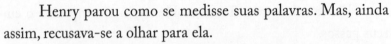

Henry parou como se medisse suas palavras. Mas, ainda assim, recusava-se a olhar para ela.

— Parece ridículo demais admitir isso em voz alta. Você vai rir de mim.

— Claro que não vou — disse Branca de Neve, gentilmente.

Henry ficou em silêncio por um momento, mastigando o interior da bochecha. Ela lhe deu o tempo de que precisava, apesar de Mouse afastar-se cada vez mais, aventurando-se à frente deles.

Por fim, ele soltou as palavras em um fôlego só como se não pudesse tê-lo feito de outra forma:

— Eu quero ir para casa. Mesmo que eu não tenha mais uma casa para a qual voltar.

Branca de Neve inspirou fundo. Aquelas palavras, aqueles sentimentos, não eram o que ela esperava. Daquele que a havia salvado dos lobos no dia anterior, que parecia tão bem ajustado à vida naquele lugar. Henry... queria ir para casa.

Bem, eles tinham isso em comum.

Mais do que nunca, ela queria encontrar o Coração de Rubi. Seu próprio coração precisava disso, e não apenas por seu reino e seus amigos no mundo real, não apenas pela mulher chorona que havia conhecido na noite anterior.

Seu amigo — eles eram amigos, não eram? — tinha uma necessidade.

Branca de Neve estendeu a mão para ele, tocando seu braço suavemente para confortá-lo.

— Ah, Henry...

— Ei, suas lesmas! — gritou Mouse. — Venham me alcançar!

Branca de Neve e Henry se entreolharam, palavras suspensas entre eles.

— Eu queria esquecer o sentimento — disse Henry, por fim. — E quero esquecer esta conversa. Não me pergunte de novo.

— Não vou mencionar, se é isso que você quer — disse Branca de Neve. — Mas...

— Vamos encerrar por aqui, tudo bem? — Henry ajustou sua mochila no ombro. — Temos muito terreno para cobrir — murmurou e seguiu em frente.

Henry não falou muito com Branca de Neve ou Mouse pelo resto do dia — o que teria parecido normal, se Branca de Neve não tivesse certeza de que acabara de sentir uma faísca de amizade entre eles antes de ela ter estragado tudo com uma pergunta tão pessoal. Henry imprimia um ritmo forte de caminhada e ela tinha certeza de que era para que suas pernas não conseguissem acompanhá-lo, para que não pudesse tocar outra vez no assunto do que ele desejava esquecer.

Talvez ele não percebesse que tinha dito algo adorável — e não terrível de forma alguma. Que sentir falta de casa não era motivo de vergonha. Da maneira como estava, depois de uma hora de seu silêncio, todas as vezes que Branca de Neve tentava lhe dizer algo, ele lhe dava uma resposta muito geral ou simplesmente continuava como se não a tivesse ouvido. Melhor que na primeira hora, mas ainda muito insuficiente, e Branca de Neve começava a se perguntar se talvez houvesse mais no silêncio dele do que ele estava admitindo.

O sol poente os forçou a parar, e Henry montou acampamento — "acampamento" sendo uma pilha de carvões ao ar livre para dormirem ao redor. Estava frio.

Depois de um dia tão longo e cheio de aventuras, parecia impossível que aquela fosse apenas a primeira noite que passariam fora do vilarejo. Branca de Neve não pôde deixar de olhar para o amplo céu, com suas estrelas brilhantes que o enchiam de magia.

Eles se instalaram depressa, gratos e completamente exaustos pelas aventuras intensas que tiveram naquele dia — exceto Mouse, ao que parecia, deitada de costas e chutando as pernas no ar.

— Vamos procurar estrelas cadentes — disse ela, cheia de energia e empolgação —, para que possamos fazer pedidos.

— As estrelas cadentes são muito raras, Mouse — disse Branca de Neve, deitando-se de bruços e usando os antebraços cruzados como travesseiro. — Mas você pode fazer pedidos às estrelas comuns.

— Aaah! — Mouse esfregou as mãos. — Vou fazer um pedido a uma grande. — Ela procurou no céu por um momento. — Nossa... qual estrela é aquela? — indagou, apontando para cima. — Como se chama?

— Como alguém consegue saber para qual dos bilhões de estrelas você está apontando — murmurou Henry, usando a retórica. Ele acendeu a pilha de carvões colocadas no centro, perto deles.

Branca de Neve balançou a cabeça para ele, depois rolou de costas para olhar o céu também.

— Que estrela, Mouse?

— Aquela grande e brilhante. Perto da lua.

— Ah. Bem... — Branca de Neve olhou para a estrela em questão por um momento. Como era estranho... mas também maravilhoso... que aquele mundo irreal contivesse algo tão familiar quanto estrelas. — Sempre podemos inventar um nome para ela.

— Aaah, sim! — Mouse pensou por um momento, franzindo o nariz. — Vaga-lume. Lume, para ficar mais fácil.

— Que charme maravilhoso. Olá, aí em cima, Lume!

— Vamos fazer pedidos a ela, Branca de Neve — disse Mouse, fechando os olhos com força. — Atenda ao meu desejo, Vaga-lume. Não me decepcione!

Branca de Neve sorriu e fechou os olhos. Talvez ela pudesse fazer pedidos a essas estrelas. Talvez pudesse desejar voltar para casa.

— O que você desejou? — perguntou Mouse.

Branca de Neve riu da empolgação da garotinha.

— Não podemos contar o desejo a ninguém ou ele não se realiza. Quando se realizar, eu te conto.

— Ah! — Mouse cruzou os braços e bufou. — Escute bem, Vaga-lume, é melhor você começar a trabalhar nesse desejo para Branca de Neve poder me contar!

— É Sirius! — exclamou Henry, e Mouse e Branca de Neve viraram a cabeça para encará-lo.

— Com você, Henry, *tudo* é sério — disse Mouse.

— *Não*, o nome da estrela é Sirius.

— Eu já dei um nome — disse Mouse, franzindo a testa para ele. — Arrume a sua própria estrela!

— Ela já *tem* nome. Sirius. A Estrela do Cão.

— Estrelas têm cães?

— Não. Faz parte da constelação Canis Major. Canis, sabe? Cão Maior? — Mouse pareceu ainda mais confusa que antes, e Henry revirou os olhos, murmurando: — Por que ainda perco meu tempo?

— Porque você gosta de nós — disse Branca de Neve, sentando-se de frente para ele, a fim de se aconchegar junto às brasas.

— Você gosta de nós — disse Mouse, embora Henry não tivesse dito que não gostava; na verdade, não havia respondido nem de um jeito, nem de outro. — Você sabe que gosta! Senão não estaria aqui conosco! Você odeia pessoas!

Henry ocupou-se apertando a fivela de sua mochila.

— O que isso tem a ver com vocês duas sendo completamente irritantes?

— Você nos ama! — Mouse gritou e pulou nele, apoiando-se em suas costas com os braços em volta de seu pescoço. — Só admita!

— Cuidado com as brasas! — Ele puxou os braços dela para impedir que o sufocassem. — Pelo amor dos dragões, Mouse! Existe alguma hora do dia em que você se comporta como um ser humano normal em vez de um gato selvagem?

Branca de Neve riu e, em seguida, deu um sorriso maroto para a amiga.

— Será que deveríamos fazer cócegas nele, Mouse?

— Você não teria coragem. — Havia um desafio lúdico nos olhos dele que ela ficou feliz em ver. Tinham conseguido quebrar a casca dura de Henry para revelar uma parte dele que ela havia conhecido na noite da festa. O Henry que não tinha saudades de casa e estava aberto para o afeto e a amizade.

— Faça cócegas nele, Branca de Neve! — Mouse gritou ao subir nos ombros dele. — Eu seguro!

— Espera, espera, espera! — Henry riu quando Branca de Neve rastejou ao redor das brasas para fazer tantas cócegas até ele rir e ser dominado. — Está bem, eu gosto de vocês. Está bem? Santas cigarras!

— Só de ouvir você rir é o suficiente para mim — disse Branca de Neve quando Henry tirou Mouse de seus ombros.

Ele colocou Mouse de pé e a afastou com um empurrãozinho delicado.

— Vá se deitar.

— Eu não quero — resmungou a menina. — Quero dar nome a mais estrelas.

— Elas já têm nome.

— Sirius? — Mouse lançou a Henry um olhar cético e desaprovador ao deitar-se de novo em seu lugar. — Achei feio. E nem parece um cachorro. Eu gosto de Vaga-lume.

Henry suspirou e olhou para Branca de Neve em busca de ajuda. Ela deu de ombros.

— Tenho que ser sincera. Eu também prefiro Vaga-lume.

— Viu só, Henry? — Mouse mostrou a língua para ele antes de se acomodar de costas novamente.

— Por que você está encorajando isso? — Henry perguntou a Branca de Neve.

— Não tem nada de errado em se divertir um pouco sem causar mal a ninguém — ela respondeu. Pensou em seu aniversário quando era criança: como todos os anos, ela e seus pais colhiam maçãs para fazer tortas para todo o reino. Como sempre, tinha sido agitado e caótico... mas que ótima diversão para todos, apesar de toda a correria.

— Falando em nomes — disse Mouse —, eu estava pensando, por que seus pais chamaram você de Branca de Neve?

Branca de Neve riu.

— Fico feliz que ela tenha perguntado primeiro — disse Henry.

Branca de Neve estava feliz por ele não parecer remoer mais. Mesmo assim, estava certa de que ele não responderia a perguntas sobre seus sentimentos — pelo menos não naquela noite. Ela o respeitaria e o deixaria em paz.

— Eu não queria ser o primeiro a perguntar — acrescentou ele.

Ela riu com vontade agora, quase precisando parar para recuperar o fôlego. A alegria da amizade... uma parte sua achava que nunca poderia experimentar essa alegria em Diamant.

— Vocês dois são bobos.

— Você tem nome de um fenômeno da natureza — disse Henry, sorrindo. — Ficamos pensando...

Ela sorriu.

— Bem, se você quer mesmo saber, eu nasci durante uma tempestade de neve.

— É só isso? — Mouse perguntou com um pequeno franzir de decepção. — Por que não Flocos de Neve, então? Ou Invérnia? São bonitos.

— Branca de Neve tem beleza — disse Henry em tom de repreensão, mas, quando cruzou o olhar com o de Branca de Neve através das brasas, ele parou. — O nome, quero dizer.

— Eu *amo* o meu nome — disse Branca de Neve, sem qualquer ofensa em seu tom. — Porque meus pais me batizaram de acordo com as circunstâncias especiais do meu aniversário. E eu acho isso uma coisa bonita.

Mouse assentiu.

— Bem, quando você diz assim, faz sentido.

— E você, Mouse? — Branca de Neve fez cócegas no pescoço da menininha, que riu. — Não me parece um ratinho.

— Eu sou pequena, é por isso. Sou a única criança em Diamant e vou ser criança para sempre.

— Não para sempre — disse Branca de Neve, tranquilizadora. — Não depois de encontrarmos o Coração de Rubi. Você vai poder voltar para casa, crescer e viver plenamente.

Mouse franziu o nariz como um verdadeiro rato.

— Tabitha não te contou a verdade quando estávamos no vilarejo, Branca de Neve? O Coração de Rubi não é real. Só estou aqui porque gosto muito de você, e, se você ia sair para procurar, eu iria com você. E está sendo tão divertido quanto eu pensei que seria, mas não vai ter nada do outro lado.

— Você não acredita mesmo que é real?

— Eu não sei. — A garotinha se virou de bruços, apoiou a cabeça nos braços e fechou os olhos. — Mas gosto muito de Diamant. Não preciso comer legumes nem ir para a cama cedo. Não preciso crescer nem ficar velha e enrugada. E as pedras preciosas são bonitas! Por que eu ia querer voltar para um mundo sem nada disso?

Branca de Neve e Henry olharam um para o outro. Ele estava certo: Mouse não tinha o desejo de deixar aquele lugar nem a intenção de fazê-lo. Será que ela não entendia completamente para onde estavam indo? Quando chegasse a hora, como ela se sentiria quando eles, de fato, obtivessem o Coração de Rubi?

Branca de Neve não queria pensar em partir o coração de uma menininha. Mouse não sabia de nada; ela não percebia que o mundo real era o melhor lugar para ela. E, antes tarde do que nunca, ela perceberia que os legumes eram deliciosos.

— E você, Henry? — Branca de Neve perguntou, tentando alegrar o clima. — De onde vem o seu nome?

Ele parecia um pouco desconcertado que alguém lhe fizesse tal pergunta.

— É só um nome comum — disse ele, dando de ombros. — Não é nada de especial.

— É muito especial. Afinal, você está ligado a ele.

Henry corou, olhando para as brasas.

— Recebi esse nome em homenagem ao meu pai. E ao pai dele, e ao pai dele. Sou o quarto Henry da minha família.

— Henry IV — disse Branca de Neve. — Viu só? Isso é especial. Um nome de família.

— E, pensando pelo lado bom, existem só quatro — disse Mouse. — Você não é tipo Henry VIII ou algo irritante assim.

— Ok — disse Henry, suspirando com o exagero de Mouse —, isso já é o bastante de você por um dia. Boa noite, Mouse.

— Não quero dormir — a menina reclamou e imediatamente bocejou.

— Vamos andar muito amanhã. Daqui até a segunda prova é morro acima, literalmente.

— Nós conseguimos — disse Branca de Neve, determinada. — Já chegamos até aqui, afinal. Só temos mais dois testes.

Henry assentiu e se preparou para se deitar.

— Boa noite, Estrela Cadente.

Branca de Neve sorriu. Por mais que soubesse que precisava dormir, queria que a noite durasse. O clima de camaradagem, a conversa agradável e a amizade. O que ela não daria para manter aquele momento, aquele sentimento para sempre.

Mas sua mente interrompeu o coração. Nunca poderia ficar ali. Seu reino precisava dela. Valorizava as amizades que havia formado naquele mundo, mas não era a vida real. Na vida real, todos estavam em apuros, precisando de ajuda.

Por mais que ela amasse aquele momento, a segunda provação a esperava. E, depois do quão exaustiva fora a jornada até ali, Branca de Neve tinha a sensação de que só ficaria mais difícil.

Não havia motivo para pensar nisso agora, no entanto, não quando ela precisava dormir. Não havia motivo para pensar nisso nunca, na verdade, porque nenhum grau de dificuldade derrubaria seu ânimo. Não enquanto seu coração estivesse tão cheio de amor e esperança.

— Boa noite, Henry — disse ela, aconchegando-se perto das brasas.

Branca de Neve percebeu que estava sonhando e fez um pedido desesperado às estrelas para acordar.

Estava no céu, viajando rapidamente pelo ar, como se estivesse voando. Quando olhou para baixo, viu toda Diamant, como um caleidoscópio de cores, um gigantesco pedaço de vidro colorido até onde a vista alcançava. Mas seus ombros doíam... Por que seus ombros doíam?

Um terrível e monstruoso grasnar rasgou o céu ao meio, revelando um buraco enorme, e, quando Branca de Neve olhou para cima, viu que estava sendo carregada por uma besta gigantesca — um corvo, como os que tinham encontrado naquele dia, mas muito grande para ser qualquer coisa além de um monstro. Ele a segurava com as garras cravadas nos ombros dela.

Quando olhou ao redor, viu vários corvos, cada um carregando um de seus sete amigos... e Jonathan. Um por um, os corvos deixaram cair os amigos dela na água abaixo, e seus gritos por eles foram cortados pelo grasnar frenético das aves.

De repente, o corvo que a segurava a soltou, e Branca de Neve caiu como um raio na água. Despencou como uma pedra, afundando nas profundezas gélidas. Enquanto nadava em direção à superfície, viu o corvo gigantesco voando sobre a água, as asas abertas. E, na beira da água, estava a Rainha, sorrindo maliciosamente do alto enquanto Branca de Neve lutava para nadar até a superfície. O bando de corvos rapidamente se uniu ao par sinistro. As aves monstruosas encheram o espaço até que a água ficasse sombria e turva. *Me deixe sair!* Branca de Neve queria gritar, mas descobriu que não conseguia emergir à superfície, com os corvos a empurrando para baixo sempre que ela tentava, desorientando-a, gritando com ela, mergulhando-a nas profundezas até que não pudesse mais lutar, até que não pudesse mais...

Branca de Neve arfou por ar quando seus olhos se abriram para olhar a lua acima. Sem corvos monstruosos. Sem água. Ela estava exatamente onde tinha adormecido, sob as estrelas ao lado de seus amigos. Soltou um suspiro de alívio e frustração. Nunca teve pesadelos como aquele antes de chegar a Diamant, e estava claro que a Rainha pretendia atormentá-la.

Um ronco silencioso chamou sua atenção, e ela olhou para ver Mouse enroscada onde a deixara. Henry também estava dormindo, deitado de costas com os braços cruzados sobre o estômago. Sentiu-se grata, pelo menos, por seus amigos não serem afligidos por pesadelos.

Ou melhor... visões.

Isso era o que se chamava quando um sonho mostrava o futuro, não era? Uma visão. E ela tivera uma na noite anterior, cheia de cristais e maldade... E, então, no dia seguinte, Henry tinha sido pego quase exatamente como ela previra. Teria sido coberto por cristal, uma estátua viva, se ela não tivesse agido a tempo?

Branca de Neve estremeceu, abraçando a si mesma para se proteger do frio da noite. Quando ergueu a cabeça, viu que as brasas tinham queimado até quase desaparecer. Ela suspirou, exausta, mas estava muito frio para apenas ficar deitada ali, tensa demais por causa do sonho para voltar a dormir e correr o risco de cair em outro pesadelo. Ela se levantou e rastejou até a mochila de Henry. Havia afastado a mochila apenas um pouquinho, o suficiente para fazer as brasas lá dentro baterem umas nas outras, quando Henry acordou de súbito.

— Ei — ele murmurou e se apoiou em um cotovelo. — Não consegue dormir?

— Está só um pouco frio — ela disse, esfregando os braços.

— Não se preocupe comigo. Posso mexer com as brasas. Você pode voltar a dormir.

— Deixe que eu mexo. — Ele estendeu a mão para a mochila e a arrastou até ele, então se apoiou de barriga para baixo, nos cotovelos, para pegar carvões novos.

Branca de Neve o observou trabalhar por um momento enquanto ele adicionava carvões novos às brasas, reabastecendo o calor delas.

— Tive um pesadelo — disse ela.

— Quer falar sobre isso? — Henry perguntou.

— Eu... — Ela hesitou. Balançou a cabeça. Parecia muito fantasioso para sequer considerar. No entanto, o tom de companheirismo de Henry a encorajou. — Acho que *deveríamos* falar sobre isso. Porque o meu último sonho se realizou.

Henry parou no meio da atividade para olhá-la.

— O que você quer dizer com "se realizou"?

— Sonhei em ser coberta da cabeça aos pés por pedras preciosas. E, então, no dia seguinte, você pisou naquela armadilha de cristal.

Henry olhou para ela como se não entendesse uma palavra do que acabava de dizer.

— Tá...

— Esta noite, sonhei que fui jogada na água por corvos gigantes... e nunca voltei à superfície.

— Mas isso já aconteceu hoje — disse Henry, e ele parecia um pouco aliviado por poder entender uma parte do que ela estava lhe contando. — A água, os corvos. Só que você *voltou* à superfície. Esses corvos devem ter te assustado mais do que você percebeu.

— Talvez — disse Branca de Neve.

— Não dê muita importância. Sonhos assim acontecem quando passamos por situações estressantes e com pouco descanso. Confie em mim. Eu costumava ter esses pesadelos o tempo todo quando cheguei a Diamant. Em pouco tempo, eles vão passar.

Branca de Neve concordou balançando a cabeça.

— Faz sentido quando você coloca dessa forma. Obrigada, Henry.

— De nada — disse ele, fazendo uma verificação de última hora nas brasas. Elas queimavam o suficiente para durar o restante da noite. Então, ele hesitou, indeciso entre se deitar novamente e se aproximar dela. — Você... precisa de um abraço ou algo assim? — perguntou de forma um tanto desajeitada.

Branca de Neve pressionou os lábios para segurar um riso; ela não queria arriscar acordar Mouse.

— É muita gentileza da sua parte oferecer — disse ela. — Mas acho que vou ficar bem.

— Ok, então... — Henry pareceu um pouco envergonhado enquanto se deitava de novo, ajeitando a mochila para usá-la como travesseiro. — Vejo você de manhã.

— Sim, amanhã é um novo dia — afirmou Branca de Neve, deitando-se de lado. E ela esperava, esperava fortemente, ao fechar os olhos, que nenhum outro sonho perturbasse seu sono.

Os três companheiros de viagem acordaram com energia renovada ao primeiro raio de sol. O céu estava manchado com uma aurora de laranjas brilhantes e amarelos-dourados que iam gradativamente se transformando em tons de rosa suave. Parecia uma pintura; era mais bonito que qualquer matiz de pedra preciosa.

Após a visão da noite anterior, Branca de Neve decidiu que tomaria cuidado para não tocar em nada fora do caminho, incluindo qualquer coisa que corvos pudessem desejar e corpos d'água. Não precisavam de mais nada para atrasar sua jornada até o segundo desafio. E certamente não precisavam encontrar mais nada que os colocasse em perigo.

A trilha era excepcionalmente cruel, pois a inclinação a tornava duas vezes mais árdua. Iam subindo gradualmente a princípio, mas logo isso mudou, com os três tendo que se inclinar para a frente, a fim de conseguirem se manter de pé. Era evidente que não estavam indo apenas por um terreno de aclive, mas subindo uma montanha.

Na inclinação mais íngreme, eles rastejavam em quatro apoios para impedirem-se de deslizar para baixo. Não ajudava que o sol estivesse subindo cada vez mais alto no céu e se tornando mais quente à medida que progrediam. Sem árvores para fazer sombra, era como se estivessem sob uma lupa e o calor do sol fizesse foco neles.

Por fim, chegaram ao topo do aclive, que se nivelou em uma área de terra gramada com árvores. O som de água corrente, uma batida estrondosa ao longe, enchia o espaço. Enquanto atravessavam por entre as árvores, o som das corredeiras ficava mais alto, e uma parede de pedra ia se elevando cada vez mais na frente deles. Depois de cerca de um quilômetro e meio, as árvores ficaram mais esparsas.

Quando chegaram o mais longe que podiam, Henry estudou o mapa.

— Isso não pode estar certo — murmurou.

Mouse jogou as mãos para o alto.

— Eu disse que esse mapa não era mágico!

— Não é o mapa — respondeu ele, irritado. — Olhem.

Estavam em uma falésia, a uns seis metros ou mais acima de um desfiladeiro com um rio que fluía rápido, quebrando contra as rochas semissubmersas nele e ecoando pelas paredes rochosas. E, embora o mapa prometesse o que parecia ser uma ponte sólida que levava através das corredeiras perigosas para outro despenhadeiro, a realidade era bem diferente: onde uma ponte de pedra estava marcada no mapa, havia, na verdade, uma ponte velha e precária presa por cordas esfarrapadas... que levava a nada mais que um paredão de pedra sólida coberta de hera esmeralda.

— Talvez possamos escalar o paredão depois de cruzar — sugeriu Branca de Neve.

— O mapa diz claramente que a ponte nos levará para o outro lado — disse Henry, olhando de perto, de vários ângulos, até virar o mapa de cabeça para baixo para ter certeza. — Não deveria haver nada para escalar.

— Não gosto desse mapa — resmungou Mouse.

— Bem, vamos só pensar por um segundo — disse Branca de Neve. — Lembra-se do último desafio? Não sabíamos o que era até entrarmos no campo.

— O segundo desafio deveria nos dar a chave do Coração de Rubi — disse Mouse. — Foi o que muitas pessoas falaram sobre o segundo desafio. Só que não tem lugar do outro lado onde a chave poderia estar.

— Bem — disse Henry, guardando o mapa no bolso e colocando sua mochila no chão —, vamos lá ver, não é mesmo? — Ele estendeu a mão para Branca de Neve. — E com "vamos", quero dizer "eu".

— Não quero ir naquela ponte fajuta, de qualquer forma — resmungou Mouse, dando alguns passos para trás.

— Achei que você tinha dito que não havia exceções para princesas, Henry — disse Branca de Neve, erguendo as sobrancelhas para ele. — Além do mais, estamos nisso juntos.

— O fato de eu me preocupar que você não caia não tem nada a ver com você ser uma princesa. Fora isso, é muito estreita para nós dois, de qualquer forma.

— *É* muito estreita para nós dois — concordou Branca de Neve, mesmo enquanto observava o corpo de Henry, muito maior que o dela e, sem dúvida, muito mais pesado. No entanto, era difícil convencer Henry de algo quando ele estava determinado.

Henry pegou as cordas de ambos os lados da ponte, e esta já estava balançando antes mesmo de ele pisar. Com cautela, baixou o pé para a primeira tábua, e o som de estalo e ranger ecoou por todo o corpo de Branca de Neve. Deve tê-lo alarmado também, já que ele retornou para a segurança aos tropeções.

— Isso não soou nada bem — disse Branca de Neve, tentando acalmar seu coração acelerado.

— A sensação também não foi boa. Aquela tábua quase se partiu debaixo do meu pé. — Ele mordeu o lábio. — Sou muito pesado para ir pela ponte.

— Eu consigo — disse Branca de Neve, determinada.

— É muito perigoso — disseram Henry e Mouse em uníssono.

— Sei que é, mas também sou menor que você — ela disse a Henry, tocando seu braço. — E, depois de testar a firmeza, como você fez, se a ponte não der sustentação, pensamos em alguma outra coisa.

Se o mapa dizia que aquela era a segunda provação, então deveria ser a segunda provação. Talvez, como na primeira, fosse necessário ajustar a perspectiva em vez do local.

Henry hesitou antes de assentir.

— Vou estar bem aqui para te tirar de lá, se for preciso.

Branca de Neve balançou a cabeça.

— Sério, você se preocupa muito, Henry.

Mas, assim que ela subiu na ponte, começou a temer que também tivesse tomado a decisão errada. A ponte suspensa estava mais *elevada* em relação ao solo do que parecia a uma distância segura. Ela olhou rapidamente para seu destino. *Escolha um ponto na parede. Não tire os olhos dele. Tudo vai ficar bem.*

Branca de Neve inspirou fundo... e deu seu primeiro passo.

A primeira tábua rangeu quando seu peso se acomodou, e ela deu um pulo por causa do choque do movimento rápido, quando Henry agarrou seu braço.

Virou a cabeça para olhá-lo.

— Henry!
— Só estou me certificando de que está tudo bem.
— Você quase me mata de susto!
— Bem, *desculpa*! Eu achei que você ia *cair* e morrer. — Suas bochechas coraram quando ele soltou o braço dela.

Mouse riu de onde estava, em segurança.

— O apoio é bom o suficiente — disse Branca de Neve, mais para o próprio encorajamento que qualquer outra coisa. — Eu consigo.

Entreolharam-se por um momento, seus medos e seu nervosismo se misturando. Não haveria progresso, porém, se ficassem parados. Nenhum Coração de Rubi, nenhuma volta para casa, nenhum salvamento para o reino de Branca de Neve.

— Henry — ela disse com delicadeza —, está tudo bem.

Enfim, ele assentiu em retorno.

Tudo o que ela tinha que fazer era chegar ao outro lado. Não parecia assim tão difícil. Branca de Neve deu mais um passo cuidadoso e depois outro. A ponte rangeu a cada passo, mas sustentou-se debaixo dela. Ainda assim, as cordas balançavam, e ela se agarrou com mais firmeza, olhando fixo para a parede à sua frente.

Ora, mas a ponte sempre tinha sido tão longa? Parecia mais curta a partir do terreno plano e seguro. A cada passo, parecia que ela se esticava cada vez mais e...

Seu coração subiu e foi parar na garganta quando seu pé errou uma tábua, e ela mal ouviu Henry berrar seu nome nem o gritinho de Mouse enquanto ela agarrava as cordas.

— Estou bem! — Branca de Neve gritou de volta, mas não tinha certeza se era verdade; estava no meio de uma ponte frágil, suspensa a uma altura que parecia ser de quilômetros acima de um rio e não tinha ideia se conseguiria levantar e voltar a ficar de pé para atravessar.

— Volte, Branca de Neve — Henry chamou. — Vamos encontrar outra maneira.

— Estou na metade — ela respondeu ou pelo menos achou que respondeu, mas o coração batia alto demais em seus ouvidos.

Sua cabeça girava quando ela olhava para baixo, para a água turbulenta.

— Você não precisa fingir ser corajosa! — Mouse exclamou. — Não vale a pena você morrer, Branca de Neve!

Fingir ser corajosa...

Seu pai havia sido corajoso. Era uma das coisas que ela mais admirava nele antes de ele ir embora...

Não. Antes de ele ter sido tirado dela.

Mas era filha de seu pai. E, se ele podia ser corajoso, ela também podia.

Branca de Neve deu um suspiro profundo. Não tentou ficar de pé na ponte instável. Em vez disso, deitou-se de bruços e arrastou-se. Segurou as tábuas à sua frente, puxou, segurou, puxou. Felizmente, fez progressos mais rápidos do que quando estava de pé, apesar de conseguir ver muito mais do rio dessa forma. Mas vinha avançando. Estava quase lá.

Por fim, chegou ao paredão. Só então tentou ficar de pé, usando os ramos de esmeralda e as pedras preciosas salientes no paredão para ajudá-la em vez de mexer com as cordas frágeis. Ouviu seus amigos gritando, mas, a essa distância, não conseguia entender muito o que estavam dizendo.

Exceto por: "Você conseguiu!".

Porque ela tinha conseguido. Estava a um passo do Coração de Rubi. A um passo de salvar seu reino.

E, então, tropeçou quando seu braço mergulhou na parede. À medida que os ramos se afastavam, Branca de Neve percebeu que estava encarando a escuridão de um buraco raso na parede. Não, não um buraco, uma prateleira. Era cortada de maneira reta, intencional, em um ângulo. E, apoiada na prateleira, havia uma caixa feita de pedra preciosa polida em tons espiralados de azul e verde. Parecia uma caixa de joias de algum tipo.

Então, Mouse estava certa sobre o segundo desafio. Aquela caixa era muito lisa e polida, muito deliberadamente colocada ali para conter qualquer coisa que não fosse o que eles precisavam para o próximo desafio.

Branca de Neve tinha certeza de que continha a chave necessária para desbloquear o Coração de Rubi.

— Há uma caixa aqui! — ela exclamou para seus amigos. Segurou a alça redonda no topo, levantando pouco a pouco a tampa pesada com cuidado. Tinha um ajuste tão fino na caixa que ela teve de erguê-la centímetro por centímetro, mantendo-a nivelada para que um lado não se erguesse antes do outro e ficasse preso. Quando enfim se soltou, emitiu uma vibração retumbante que percorreu o braço de Branca de Neve e a prateleira de pedra ao redor. Como um sino da vitória.

Ela soltou um suspiro profundo, colocando a tampa de lado com o mesmo cuidado. Inclinou-se para olhar dentro da caixa e viu... nada? Mas aquilo não podia estar certo. Não, claro que não. Havia sombra dentro do buraco, com apenas alguns brilhos de luz solar abrindo caminho pelas vinhas, e sua sombra deveria estar escurecendo ainda mais, enganando a mente de Branca de Neve. Ela enfiou a mão dentro da caixa, apalpando em todos os cantos, seu coração batendo cada vez mais forte. Nada. Inclinou-a para olhar melhor dentro. Ainda nada.

— Não tem chave aqui! — ela gritou por cima do ombro.

Nenhuma chave. Uma caixa, mas nenhuma chave. Será que alguém já a teria pegado ou a deixado cair por acidente no precipício?

Ou talvez... talvez nunca tivesse havido uma chave, primeiramente.

— Estrela Cadente! — Henry chamou. — Senti a terra se mover. Volte aqui agora!

Mas o aviso veio tarde demais, já que o estrondo percorreu o paredão mais uma vez, desta vez com força suficiente para criar uma rachadura que ia subindo pela parede, forte o bastante para fazer a ponte tremer. Branca de Neve agarrou-se à parede e às vinhas de esmeralda, fechando a caixa depressa. Ela sabia que tinha sentido algo quando a abriu; talvez fechá-la resolvesse...

— Branca de Neve!

O chão tremeu novamente, e, quando ela se virou, tropeçou e caiu de bruços na ponte, onde se agarrou com toda força ao balançar e sacudir como um barco de pesca em uma tempestade. Quando ousou olhar para seus amigos, viu que estavam com tanta dificuldade para ficar de pé quanto ela. Será que esse era o desafio? Talvez tudo o que precisavam fazer era aguentar até que passasse.

Mas, então, ela viu com horror as pedras começarem a rolar pelo lado da parede alta. Ela se firmou na ponte, esperando ser esmagada. Em vez disso, as pedras quicaram na parede, atingindo o chão onde seus amigos estavam parados. Aquilo não fazia sentido; nada fazia sentido ali, mas esse era o fato menos importante agora. Ela precisava voltar à ponte, por mais que estivesse tremendo, por mais que ela...

— Cuidado! — ela gritou, mas o aviso foi em vão. Henry empurrou Mouse para longe de uma pedra que caía, porém o gesto só serviu para perder o próprio equilíbrio. Branca de Neve ouviu a si mesma gritar o nome dele quando ele caiu pela borda em direção à água corrente abaixo.

 Branca de Neve não ia perder Henry para aquele rio. Não podia permitir. Estavam os três juntos naquela busca. Ela respirou fundo e pulou da ponte, ficando suspensa no ar por um momento, como um pássaro capturado pelo vento, antes de mergulhar no vazio abaixo.

9

A intenção de Branca de Neve era mergulhar na água — de preferência com graça e sem colidir com uma das muitas pedras abaixo —, alcançar Henry e puxá-lo para um lugar seguro.

Mas o rio tinha outros planos.

Ela caiu na água, e o frio disparou um choque por seu corpo que dificultou até mesmo a respiração. O rio começou a arrastá-la impiedosamente antes que ela pudesse tentar nadar, girando-a como roupa suja ou um barco em uma tempestade. Conseguiu chegar à superfície e deu um suspiro desesperado, lutando para manter a cabeça fora d'água, tentando procurar Henry. Que Deus não permitisse que ele tivesse batido a cabeça em uma pedra ou sido sugado para debaixo d'água, incapaz de encontrar ar.

— Henry! — gritou Branca de Neve, mal terminando o nome dele antes de ser jogada pela água violenta contra uma rocha.

Sua visão ficou vazia, como se olhasse para um abismo. Por um momento, sua mente vagou e ela fechou os olhos. Tudo estava silencioso, pacífico e com sons abafados, como se ela estivesse submersa em água calma em vez de corredeiras. Abriu os olhos e percebeu-se debaixo da superfície, observando a água sacudir-se lentamente ao seu redor, devagar demais para ser real. Raios de sol fluíam através da multiplicidade de bolhas.

Tentou nadar, mas seus membros não se moviam. *Estou me afogando*, pensou, de repente. Foi a única coisa clara que passou pela sua cabeça.

Entregue-se, ela sentiu uma voz dizer.

As bolhas giraram ao seu redor, como um redemoinho tentando sugar o ar de seus pulmões — ar que ela mal sentia que tinha. As bolhas a cercavam, estranhamente predatórias em seus movimentos, até que não eram mais bolhas... até que mudaram de forma, mesclando-se na figura vaga de uma mulher, transparente e sem detalhes. Como uma miragem.

Isso não é real, Branca de Neve pensou. *Não posso ficar aqui...*
Entregue-se.

De repente, tinta preta jorrou de cada uma das bolhas, transformando-se à medida que a miragem mudava de forma outra vez, o movimento da água apertando o peito de Branca de Neve.

Você está me matando, ela tentou gritar, mas só engoliu um bocado de água enquanto a tinta se modificava de novo, formando uma estrutura mais sólida com olhos cheios de ódio que ela reconheceu.

Aqueles olhos pareciam fazer a água pressionar Branca de Neve ainda mais. Ela agarrou a garganta, sua consciência à deriva, a água pressionando-a, dominando-a...

E a Rainha sorriu como uma fera cruel, seus dentes de navalha tão afiados quanto os de um lobo.

Entregue-se, Branca de Neve...

— Isso não é real! — Branca de Neve ouviu a si mesma gritar.

Ela piscou, e a criatura horrível — a Rainha — desapareceu. A cabeça de Branca de Neve estava acima da superfície novamente, e ela se ouviu tossindo, recuperando-se. O movimento da água a prendera contra a rocha na qual ela havia se chocado. A água do rio corria em sua direção, pressionando-a e impedindo-a de se afastar. Sua cabeça doía por causa disso, mas ela se preocuparia com esse detalhe mais tarde. Não havia tempo para pensar em mais nada quando Henry estava na água há muito tempo e... E se ele estivesse inconsciente? Por qual distância será que o rio o tinha arrastado?

— Henry! — ela gritou, mal ouvindo a própria voz acima das corredeiras.

— Estou aqui! — Ela achou que ouviu a resposta e, quando se virou, viu Henry agarrado a uma pedra à sua frente.

Branca de Neve se afastou de sua rocha para deixar o rio levá-la, depois lutou e chutou, tentando se posicionar corretamente para chegar a Henry. Ele estendeu a mão, e ambos se agarraram um ao outro antes que ela fosse arrastada para além dele. Ela chutava e ele puxava, e os dois se aferravam um ao outro e à rocha. Branca de Neve ofegava, tentando não pensar no fato de que quase se afogou um instante antes, que a Rainha inclusive encorajou que isso acontecesse. Se Branca de Neve morresse em Diamant, também desapareceria no mundo real.

E muitas pessoas precisavam dela no seu reino para que esse tipo de absurdo acontecesse.

— É muito perigoso nadar — disse Branca de Neve, ofegante.

— Concordo — disse Henry, sem fôlego. — E eu já desperdicei energia demais tentando.

— Não solte. — Falar era uma coisa, mas sua própria força em se segurar estava perdendo a intensidade, escorregando.

Mesmo assim, ela se agarrou a Henry e à rocha como se fossem salva-vidas. — Deve haver uma maneira de chegar à margem.

A firmeza de Henry segurando-a começou a afrouxar, e Branca de Neve pôde ver os braços dele tremendo enquanto tentava se manter firme.

— Não desista, Henry — disse ela, sentindo-se apavorada: não com a água, não consigo mesma, mas com a possibilidade de perder seu amigo para as impiedosas corredeiras se ele cedesse ao cansaço, se perdesse a força. Branca de Neve ousou olhar ao redor da rocha. Deveria haver *algo* que pudesse ajudá-los, mas tudo o que viu à frente foi água interminável e mais rochas. Então, ela entendeu.

— Podemos nos deixar levar de pedra em pedra! — gritou por cima da água.

Henry olhou para Branca de Neve como se ela tivesse perdido o juízo.

— O quê?

— As pedras vão se aproximando cada vez mais da margem. Se permitirmos que o rio nos leve de uma para outra, uma de cada vez, ele vai nos empurrar na direção da margem.

— Mas também há pedras por baixo. Não podemos controlar para onde vamos fluir pela água.

— Você precisa confiar em mim, Henry. — Ela sentiu as forças dele enfraquecendo, as próprias mãos agora tremendo; embora não pudesse dizer se tremia de fraqueza ou por causa da água fria. — Está vendo aquela pedra à frente? A da direita.

Os dentes de Henry tiritavam, mas ele fez um sinal com a cabeça.

— Estou vendo.

— Só precisamos chegar até aquela pedra — disse Branca de Neve. — Quando eu falar "já", deixamos a corrente nos levar. Pronto?

— De jeito nenhum.

— Já!

Eles se seguraram um ao outro enquanto a correnteza os arrastava, muito mais depressa do que Branca de Neve esperava. Ainda assim, conseguiram agarrar seu alvo, batendo contra a pedra e quase não conseguindo.

— Não vamos conseguir fazer isso até o final — disse Henry, cerrando os dentes.

Agarrar a segunda pedra havia exigido mais energia do que Branca de Neve esperava.

— Coragem, Henry. Não perca a esperança.

Suas palavras pareciam dar um pouco mais de coragem a Henry, porque ele balançou a cabeça e olhou para a frente.

— Aquela ali, com a superfície plana?

Era exatamente nela que estava de olho; ele entendeu o plano.

— Pronto? — perguntou ela.

— Já!

Eles se permitiram ser arrastados de pedra em pedra, enfraquecendo a cada vez que eram arremessados contra uma delas, mas se recusaram a ceder à fadiga e à dor da água fria e das pedras afiadas contra seus dedos. Enfim, estavam perto o suficiente da margem para tocá-la — se não houvesse pedras afiadas ao longo de sua extensão que os impedissem de alcançá-la diretamente. Mas, se conseguissem ficar de pé em cima de uma última pedra, poderiam dar um pequeno salto para a margem. Para a segurança.

Isto é, se tivessem forças.

Certificaram-se de estar do lado da pedra para onde o rio os empurrava em vez de para longe. E, então, Branca de Neve deu um profundo suspiro e esticou os braços por cima para puxar-se para fora. Henry agarrou a parte de trás de seu vestido para lhe dar um pequeno impulso. Ela se contorceu, rastejou e se arrastou — dignidade não era uma prioridade naquele momento, apenas se manter viva —, até que estava deitada de bruços em cima da pedra.

Estava cansada, mas não havia tempo para descansar naquele momento.

Henry a tinha impulsionado para cima. Agora era sua vez de ajudar.

Ajoelhou-se na pedra e estendeu a mão para ele. Seu coração disparou quando Henry quase escapou de suas mãos antes que ela o puxasse de volta com as suas. Eles se olharam, percebendo o que quase havia acontecido... percebendo que ambos teriam sido derrotados se essa possibilidade houvesse se realizado.

— Não solte — disse tanto para si quanto para ele. Ela o puxou enquanto ele rastejava e subia, como ela mesma havia feito, até que ele estava ajoelhado na pedra. Seguraram os braços um do outro, tremendo, instáveis. Mas vivos. E muito perto da segurança para desistir.

Ajudaram um ao outro a se levantar, depois se agarraram e saltaram para a margem, onde seus joelhos exaustos imediatamente cederam debaixo deles.

— Você está bem? — Henry ofegou.

Branca de Neve mal conseguia responder, de tão cansada, mas emitiu um "humm-hum" baixinho.

Mas será que estava? Não tinha certeza. Afinal, quase havia se afogado. Assim como no sonho. Aquele lugar — ou melhor, a Rainha — parecia determinado não apenas a garantir que ela nunca acordasse do sono causado pela maçã envenenada, mas também a destruí-la completamente.

— Você está sangrando. — Henry olhava para ela com a testa franzida.

Branca de Neve pressionou um dedo na têmpora dolorida e fez careta.

— Estou bem. Essas pedras foram brutais, mas poderia ter sido muito pior.

Ela se inclinou sobre os cotovelos para olhar ao redor. Se aquele mundo fosse feito de plantas, como era para ter sido, o lugar em que estavam poderia ter sido um oásis. Mas tudo o que Branca de Neve podia ver era o alto paredão de pedra do outro lado do rio e o enorme penhasco atrás deles.

— Isso foi o teste? — Branca de Neve finalmente perguntou.

— Não sei — disse Henry, gemendo ao se levantar.

Estavam longe da ponte — disso tinham certeza —, mas só saberiam quando encontrassem forças para andar e contornar a curva do rio. Atrás deles, na face do penhasco, havia uma grande abertura para uma caverna. Devia ser profunda, porque Branca de Neve não conseguia ver a parede dos fundos; o sol baixo que prenunciava a noite aumentava as sombras sorrateiras lá dentro. Parte dela não queria ver a parede dos fundos e descobrir que não estavam sozinhos. O céu começava a escurecer um pouco, o que parecia combinar com o clima do momento. Ainda assim, Branca de Neve estava determinada a não deixar nada afetar sua esperança.

— Arriscamos a caverna ou a escalada? — murmurou Henry, avaliando cuidadosamente ambas as opções enquanto olhava de uma para outra.

— Branca de Neve! Henry! — Mouse chamou. Ela devia ter acabado de alcançá-los correndo ao longo do penhasco com suas pernas pequenas. — Vocês estão bem!

Branca de Neve e Henry olharam para cima e viram a cabeça de Mouse se erguer sobre o penhasco. A imagem lembrou Branca de Neve do momento em que se conheceram, quando ela estava espiando ao redor de um canto com olhos curiosos e brilhantes.

— Estamos seguros! — Branca de Neve gritou para ela.

— Fiquem aí! Vou correr de volta para o vilarejo e buscar ajuda! — E seu cabelo escuro desapareceu da vista antes que qualquer um deles pudesse responder.

— Você nem sequer sabe o caminho! — Henry gritou, mas ela não respondeu... presumivelmente já correndo de volta na direção de onde tinham vindo. — Espere um segundo, nós temos o mapa!

Branca de Neve olhou para Henry enquanto ele deitava a cabeça para trás, a fim de observar o céu por um momento antes de soltar um som de frustração.

— Ela vai ficar bem — disse Branca de Neve, seu tom encorajador. — Afinal, está aqui há mais tempo que qualquer um de nós.

Henry revirou os olhos.

— Ela vai se distrair antes mesmo de descer a montanha.

Branca de Neve hesitou. *Possivelmente. Ok, mais do que provável.* Mas não havia necessidade de ser tão negativa quanto Henry, então se contentou com:

— Bobagem. Ela sabe que isso é uma emergência.

— Vamos ficar presos aqui por uma semana.

— Tenha um pouco de fé, Henry.

Pela expressão de Henry, parecia que ele não tinha a menor intenção de fazer isso.

— Por que você acha que a provação não nos levaria a lugar algum? — ele perguntou, como se estivesse tentando entender por si mesmo.

— Bem, era para ter uma chave — disse Branca de Neve com um encolher de ombros. — Não sei qual é o próximo passo se não conseguirmos encontrá-la.

— Deveria *mesmo* haver uma chave? Como nós sequer sabemos disso? Só porque Mouse disse que outros a encontraram... — Seus olhos castanhos se arregalaram ligeiramente, e ele estalou os dedos algumas vezes. — Outros encontraram uma chave. *Muitas pessoas* encontraram chaves. Então, não era para terem trazido essas chaves quando voltaram? Onde foram parar todas essas chaves?

— Você está fazendo minha cabeça girar, Henry — disse Branca de Neve, rindo.

— Bem, você não vê? Talvez a chave não fosse o ponto. Talvez uma chave física não tivesse nada a ver com isso.

— Então, qual era o ponto? — ela perguntou.

Henry parou, a luz em seus olhos diminuindo ligeiramente. Deu de ombros.

— Ainda estou tentando entender.

Ele se dirigiu para a caverna à frente e Branca de Neve o seguiu; estava apreensiva, mas, se conseguiu sobreviver a um rio turbulento, uma caverna seria moleza — mesmo que ela tivesse uma boa dose de certeza de que, a julgar pelo que tinham encontrado até o momento, havia algo perigoso naquelas profundezas.

— Eu não acho que haja um significado oculto — disse ela. — Alguém deve ter levado a chave ou Mouse pode ter se enganado.

Henry revirou os olhos.

— Mouse estava enganada, com certeza. Eu nunca deveria ter permitido que uma criança participasse de uma busca. — Ele se acomodou, apoiando-se contra a parede de pedras preciosas da caverna. — Ainda assim, estou feliz que ela estivesse aqui para buscar ajuda. Não temos equipamentos para escalarmos e sair daqui sozinhos.

— Viu só? — disse Branca de Neve, sentando-se ao lado dele e dando um leve empurrão no seu ombro, brincando. — As crianças são capazes de participar de buscas.

Henry resmungou, embora não discordasse especificamente. De súbito, ambos congelaram. Alguém... tinha gritado? Branca de Neve jurava ter ouvido um eco vindo da caverna. E não ajudava que Henry também estivesse olhando naquela direção. Ele evidentemente devia ter ouvido a mesma coisa que ela.

E, então, um pássaro saiu voando de dentro da escuridão, grasnando alto enquanto passava. Os nervos de Branca de Neve se acalmaram quando ele voou sobre suas cabeças e desapareceu no céu.

— Só um pássaro — murmurou Henry.

Pássaros não eram exatamente criaturas seguras de se ter por perto, mas Branca de Neve achou melhor não trazer os aspectos negativos de sua jornada à tona.

Henry suspirou pesado, como se o som tivesse estressado seus nervos tanto quanto os dela. E, depois, levantou-se e caminhou adiante, olhando para a escuridão do túnel. Depois de espremer a água de suas saias, ela o seguiu. Estava muito escuro lá dentro, e não era o momento de se separarem.

— Para onde você acha que leva? — ela perguntou.

— Não sei, mas tem um clima pesado aqui dentro, sabe? Parece mal-assombrado.

Estava claro que Henry sentia a mesma inquietação que ela em relação ao túnel. Para ela, no entanto, não parecia assombrado — só parecia haver algo *errado*. Ainda assim, precisavam de abrigo e não tinham muitas opções no momento.

— Não existem fantasmas — ela o tranquilizou.

— Não existem fantasmas? — Henry zombou. — Você com certeza não viu o suficiente do mundo, Estrela Cadente.

— Por que está tentando me assustar, Henry? — ela perguntou e deu um empurrãozinho nele, como se tentasse fazer que ele parasse. — Nós temos que dormir aqui e você está falando de espíritos malignos que podem vir atrás de nós.

— Só estou te preparando. Este lugar é... — Henry tropeçou de leve, derrubando uma pequena placa de pedra preciosa que estava apoiada em uma rocha. Ele se abaixou para pegá-la e a segurou para que ambos pudessem ver. Os dois companheiros de viagem congelaram quando viram o que havia esculpido em sua face. Era difícil enxergar por causa da escuridão, mas Branca de Neve estava certa de que dizia: *A todos que entrarem aqui: Cuidado.*

— Ok. — Henry soltou a placa esculpida grosseiramente e recuou, lançando um olhar rápido ao redor. Era óbvio que ele estava tentando controlar a voz à força para não transparecer o pânico. — O que você estava dizendo mesmo?

— Essa placa pode ser apenas um blefe para manter as pessoas longe. Tenho certeza de que não existe uma ameaça real aqui dentro — disse Branca de Neve, sua voz fina mal convencendo os próprios ouvidos.

— Encontramos ameaças ao longo de todo o caminho, e você acha que a caverna assustadora vai ser mais segura? — Henry disse, expressando exatamente o que Branca de Neve sabia, mas não queria admitir.

Era tarde demais para encontrar outro abrigo? O sol que se punha rapidamente dizia que sim, era tarde. Eles recuaram para mais perto da entrada da caverna, afastando-se do túnel escuro e, esperavam, da ameaça de fantasmas.

Henry direcionou sua energia, alimentada pelo medo e pela ansiedade, para tirar carvão de sua mochila e empilhá-lo de qualquer jeito.

— Bem, não vou dormir esta noite.

Branca de Neve sentou-se ao lado dele, observando-o organizar o carvão.

— Ficaremos seguros deste lado da caverna, tenho certeza — disse ela, sua voz esperançosa, mesmo que ela tivesse olhado para o túnel escuro.

Henry assentiu.

— Ficarmos juntos vai ajudar, com certeza, e, contanto que estejamos atentos aos perigos do lado do túnel e da abertura da caverna, vamos ficar bem. — Parecia que ele estava sendo sarcástico, mas ela optou por ignorar seu tom. — E, então, amanhã, vamos descobrir uma maneira de sair daqui e voltar para o vilarejo.

Branca de Neve olhou espantada, sua voz preocupada quando perguntou:

— Voltar para o vilarejo?

— Olhe para nós — ele disse, fazendo um gesto para o escuro ao redor deles. — Mal passamos na primeira prova sem sermos devorados por lobos, quase fomos mortos por várias armadilhas, e, no caso de você ter esquecido o deslizamento de pedras e o incidente do rio, acabamos de fracassar miseravelmente na segunda prova. Talvez seja melhor voltar antes que algo irreversível e horrível aconteça.

Branca de Neve estudou seus ombros curvados, seus olhos baixos. Estava claro que ele tinha perdido a esperança, e ela não podia deixá-lo continuar assim.

— Vamos encontrar o Coração de Rubi. Vamos voltar para casa, Henry. Tenho certeza disso.

Ele tirou a pederneira, mas depois mudou de ideia sobre usá-la.

— Se você estivesse aqui pelo tempo que eu estive — ele respondeu —, talvez não fosse tão esperançosa.

— Não existe limite de tempo para a esperança. Ela nunca precisa se esgotar, na minha opinião. — *Ainda assim...* encolheu os joelhos e os abraçou. — Mas há quanto tempo você está aqui, exatamente? — indagou.

Ele resmungou.

— Tempo demais.

O trovão ribombou alto e próximo, e uma brisa repentina soprou. Uma garoa logo apareceu, e Branca de Neve viu quando se transformou em chuva rapidamente antes de se transformar em uma tempestade forte e barulhenta. Quando as coisas aconteciam em Diamant, era muito depressa.

— Claro — Henry resmungou. Ele acendeu o carvão. Felizmente, a chuva não estava entrando na caverna, mas havia um pouco de frio no ar, o qual se espalhou rápido pelo corpo de Branca de Neve. A noite, a chuva e suas roupas molhadas faziam parecer que a temperatura tinha caído significativamente.

Os dois se abrigaram perto das brasas acesas, tentando se aquecer.

Quando Henry parou de falar, Branca de Neve deu um tapinha reconfortante em seu ombro.

— Só quero entender, Henry. Há quanto tempo você está aqui para ter perdido todas as esperanças?

Ele respirou fundo, como se fosse a segunda coisa mais difícil que já tivera que confessar — a primeira sendo a saudade de casa.

— Estou indo para o quinto ano agora.

Branca de Neve esfregou o rosto para esconder sua momentânea surpresa. Que coisa terrível estar preso em um lugar como aquele por tanto tempo.

— Como acha que o encantamento nos afeta no mundo real? — ele perguntou. — Acha que nosso corpo envelhece normalmente, mesmo que pareça ter a mesma idade no nosso subconsciente? Ou nosso corpo fica congelado no tempo?

Branca de Neve nunca tinha pensado nesse aspecto; estava tão focada em voltar para casa que jamais considerou ficar lá por mais que alguns dias.

Em seu silêncio, Henry suspirou.

— Acho que, de qualquer maneira, não importa. Nunca mais verei aquela vida de novo.

— A chuva te deixou meio melancólico, é só isso. — Branca de Neve entrelaçou os braços com os dele: para confortá-lo e também porque ajudava um pouco contra o frio. — Quantas dessas jornadas você já fez? Talvez possamos compará-las e descobrir um padrão nas provas.

Ele resmungou, depois pensou por um momento. Ficou em silêncio, segurando sua pederneira, distraído.

— Parei de contar depois de vinte viagens... principalmente porque não via sentido em memorizar meus fracassos.

— Você mesmo me disse que o mapa e as provas mudam dependendo da pessoa. Não faz sentido se culpar por algo que você não pode controlar.

— Acho que sim — Henry murmurou.

Branca de Neve mordeu o lábio.

— Parece tão distante agora, mas... lembra quando perguntei o que você fazia antes de Diamant? — ela questionou, hesitante. — Sente vontade de responder agora?

— Agora que estamos presos em uma caverna e eu não posso escapar desta conversa? — Henry suspirou.

Talvez ela estivesse sendo muito insistente, mas Henry lhe deu um sorriso gentil, o que melhorou seu humor, então Branca de Neve ficou contente por ter se aventurado a mudar de assunto.

— Eu queria ser um cavaleiro antes de tudo isso — disse Henry. — Na verdade, um guarda real. Um de elite.

Branca de Neve se sentou para olhá-lo com curiosidade.

— Mas você disse que trabalhava com pedras preciosas.

— Bem... — Ele esfregou a nuca, envergonhado. — Eu só *queria* ser um cavaleiro. Na verdade, era só aprendiz de ferreiro. Recebíamos muitas encomendas para fazer espadas para os nobres, e eles sempre queriam cabos elaborados com diferentes pedras incrustadas.

— Que maravilhoso. — Branca de Neve ficou impressionada com as palavras dele. — É por isso que você conhece tão bem do que tudo aqui é feito.

— E porque eu sei usar uma espada. Eu as testava, para verificar o equilíbrio. Geralmente, inventava desculpas para testá-las por mais tempo que o necessário, para ganhar mais prática.

— Você seria um cavaleiro maravilhoso, Henry — disse Branca de Neve, de forma descontraída. — Tem um jeito naturalmente protetor.

Henry ficou surpreso.

— Sério?

— Claro! Você seria um cavaleiro muito mal-humorado. — Pelo menos isso arrancou uma risada dele. — Mas você também é um maravilhoso ferreiro. Eu te vi fazendo uma coisa naquela noite. E, se você fez sua espada e o machado da Tabitha, bem, eu diria que é muito habilidoso para continuar se chamando de aprendiz.

— O que é isso, Noite dos Elogios ao Henry? — Henry perguntou com falsa ofensa para encobrir seu constrangimento.

— Vamos mudar de assunto.

— Bem, é tudo verdade, não é? Você forjou lâminas durante os cinco anos inteiros em que viveu aqui. Você superou muito o título de aprendiz.

Henry riu.

— Bem, obrigado, mas... — Ele balançou a cabeça e sorriu para ela. — É sua vez de ficar envergonhada agora, Estrela Cadente. E você? Como era a sua vida antes de ser enviada para cá?

— Eu era... — Branca de Neve respirou fundo. Como poderia explicar tudo o que havia acontecido logo antes de chegar a Diamant? *Minha madrasta má tentou me matar várias vezes para continuar governando meu reino com mão de ferro.*

Ela se encolheu.

— Quando eu era pequena — ela começou, observando as brasas no meio do carvão se moverem e diminuírem — e minha mãe ainda estava viva... — *E meu pai.* Ela engoliu a recente memória terrível. — Todo ano, no meu aniversário, meus pais e eu colhíamos maçãs no pomar e fazíamos tortas para todo o reino. É minha lembrança favorita da minha infância, aqueles momentos em que não éramos apenas governantes do nosso reino, mas amigos de todos que viviam lá. Quando a bondade governava, de verdade, em vez do medo que a Rainha impõe.

Sentiu lágrimas nos cantos dos olhos. Tinha se esforçado ao máximo para manter o momento leve, mas tudo o que podia pensar era quanto sentia falta de seus pais. Quanto desejava que seu reino não tivesse que sofrer. Quanto desejava poder voltar para casa.

Quanto mais tempo Mouse levaria para voltar com ajuda? Quanto mais tempo seu povo teria que esperar para que ela acertasse as coisas? Queria salvar seus amigos o mais rapidamente possível e odiava a ideia de eles aguardarem, alimentando esperanças de que alguém os ajudaria, perguntando-se se ela acordaria algum dia.

Por fim, olhou para Henry, apenas para encontrá-lo boquiaberto.

— O que foi? — perguntou, preocupada.

— Você falou que você e seus pais eram... *governantes* do reino?

Branca de Neve deu de ombros.

— *Governantes* é realmente uma palavra fria e distante para isso.

— Ok, mas eu estava te chamando de princesa de forma irônica. Está dizendo que é uma princesa *de verdade*?

— Humm... — Ela piscou, um pouco atrapalhada pelo choque no tom dele. — Sim, suponho que sim. A Rainha nunca fez eu me sentir uma princesa.

Henry levantou as sobrancelhas.

— A *Rainha* é sua *mãe*?

— Madrasta.

— Esses são todos detalhes importantes que você estranhamente deixou de me contar — disse Henry, tão agitado que, por um momento, ficou sem palavras. — Quero dizer... caldeirões! Eu deveria estar me curvando a você e...

— Não, por favor, não. — Branca de Neve sorriu. — Gosto de ter apenas amigos, sem toda essa complicação. Gosto de ter pessoas com as quais posso ser verdadeiramente eu mesma.

— Ser você mesma... — Henry cutucou as brasas com a espada, mexendo-as. Olhou para elas por um momento. — Isso é algo difícil de fazer em Diamant.

— O que quer dizer?

— Ser você mesma. Expressar seus verdadeiros pensamentos. Porque estamos presos aqui... não sei. Sinto que não posso dizer certas coisas para os outros na cidade. Sinto que vão me julgar por pensar de maneira diferente.

— É por isso que você usa a Pedra do Esquecimento? Para se sentir como se encaixasse aqui?

Ele hesitou e, depois, assentiu. Por um momento, observaram a chuva em silêncio, enquanto ela ameaçava afogar o mundo em sua violência.

— Isso se deve ao fato de que você está tentando escapar de Diamant e muitas pessoas na cidade não parecem se importar? — Branca de Neve tocou a mão de Henry quando ele não respondeu. — Você disse que queria ir para casa — ela continuou, pressionando-o. — Que você não achava que tinha nada para o que voltar, mas, mesmo assim, queria.

Ele abaixou o olhar para o carvão outra vez, claramente incapaz de olhar para ela enquanto seu rosto ruborizava de vergonha.

— Tenho certeza de que pedi para você não tocar nesse assunto de novo.

— Quero que saiba que não há nada errado em querer ir para casa.

— É um pensamento infantil — ele respondeu, rigidamente.

Branca de Neve apertou a mão dele.

— Sinto falta da minha casa, dos meus amigos, do meu reino. Sinto falta do cheiro da natureza. Sinto falta da torta de maçã. Não é infantil querer algo que você perdeu, Henry. É humano.

Ela fez uma pausa para ver o que ele tinha a dizer, mas, por um longo momento, ele não falou. Ela não o apressou; simplesmente o deixou refletir sobre seus pensamentos e reunir suas palavras. E, então, ele disse:

— Sempre esperei que o Coração de Rubi fosse real. Fiz tantas viagens, com qualquer um que quisesse ir, mas todas terminaram em decepção. Em nada. E, então, ficou claro que todos na cidade tinham se adaptado a este lugar, como se fosse a verdadeira casa deles, inclusive minha própria irmã, e eu... não. E, para piorar, toda vez que eu mencionava isso, eles olhavam para mim como se eu tivesse enlouquecido. — Henry olhou para o carvão sem de fato vê-lo. — É por isso que nunca falo sobre esse assunto. Tenho que me sentir normal de alguma forma.

— É bom falar sobre as coisas, Henry — disse Branca de Neve, segurando seu ombro de forma reconfortante. — Fico feliz por estar falando comigo. Isso me ajuda a saber como posso te encorajar.

Henry resmungou.

— Claro que você diria isso.

— Desistir da esperança será o começo do fim. Não podemos desistir. Temos que continuar tentando.

— Mas e se não estiver lá? — A voz de Henry de repente ficou mais angustiada do que Branca de Neve já a ouvira antes; medo e desespero em seus olhos a fizeram querer abraçá-lo. — Nunca cheguei tão longe nas provas. E se não houver um Coração de Rubi e tudo isso for apenas um truque criado pela Rainha para brincar conosco? E se tudo realmente levar a lugar nenhum?

Branca de Neve considerou suas palavras. *Parecia* mesmo algo que a Rainha faria. Afinal, ela não tinha tentado destruir Branca de Neve desde que chegara? O pesadelo que ela teve naquela primeira noite não poderia ter sido uma coincidência. A Rainha tinha envenenado todos aqueles lobos com os espinhos, tornando-os ferozes e violentos. E, então, no rio, quando ela bateu naquela pedra, era para ter ficado inconsciente... e a Rainha fez o melhor para afogá-la.

Era mais que óbvio que sua madrasta estava fazendo o possível para evitar que alguém encontrasse o caminho de volta para casa.

Henry abriu a boca, mas a fechou logo em seguida. Balançou a cabeça, claramente vendo que não havia motivo para continuar o assunto.

— Esse frio é implacável. Vou colocar mais carvão.

— Eu pego — disse Branca de Neve. Alcançou a bolsa dele e a arrastou para si, mas as primeiras coisas que ela tocou ali dentro não eram grandes e levemente deformadas. Não... eram pequenas, redondas e lisas. Reconheceu a sensação, mas não conseguia acreditar no que estava tocando até fechar suavemente os dedos em torno de algo e retirá-lo.

Deu um suspiro. Porque estava segurando o colar de pérolas que tinha dado a Henry na noite em que haviam dançado.

Limpou um pouco da fuligem para revelar o brilho iridescente por baixo e, então, olhou para Henry, que mais uma vez parecia constrangido.

— Você guardou — disse Branca de Neve. — Depois que Mouse me disse que havia perdido o colar que ela tinha feito, fiquei preocupada. Pensei que talvez você tivesse... não sei, jogado em algum lugar. Que você não se importava com o sentimento.

— Eu não faria isso — disse Henry, abraçando-se nervosamente. — Você que me deu, afinal. Foi um gesto gentil. E nós somos... amigos. — Ele disse isso de forma desajeitada, como se não tivesse certeza se deveria dizer.

— Fico muito feliz em saber que guardou — disse Branca de Neve, sorrindo, aliviada. — Você vai usá-lo agora?

Henry assentiu.

— Como posso recusar um pedido assim?

Branca de Neve levantou-se e colocou o colar sobre a cabeça dele, depois ajustou para que ficasse reto contra o peito dele.

— Feito com amor e amizade, de mim para você.

Henry riu.

— Agradeço. Obrigado.

— De nada — disse Branca de Neve, sorrindo. — É para isso que os amigos servem.

— Falando em amigos... — A expressão dele se mostrou envergonhada. — Tenho pensado em um plano alternativo, mas... agora minha ideia parece *errada*, ainda mais sabendo que você é uma princesa de verdade.

— Nós dois nos abrimos muito um com o outro esta noite, Henry — disse Branca de Neve. — Como isso pode ser terrível?

— Não tão terrível quanto impertinente, acho... — Ele mordeu o lábio. — Eu não sei se alguém te disse, mas existe outra maneira de voltar para casa.

— Tabitha mencionou algo assim. Beijo do amor verdadeiro? — perguntou Branca de Neve. A reação de Henry a isso a surpreendeu. Nunca tinha visto alguém parecer tão constrangido com quatro palavras. Até suas orelhas ficaram vermelhas. — Mas é impossível. Não há como se comunicar com nossos entes queridos no mundo desperto para informá-los sobre isso.

— Pode ser verdade — disse Henry. Ele hesitou. — Mas existe a possibilidade de você não precisar ter um verdadeiro amor na vida real para quebrar a maldição... Eu não acho que ninguém já tentou beijar alguém aqui em Diamant.

Branca de Neve pensou por um momento. A ideia era um pouco embaraçosa... voltar para casa, salvar seu reino com apenas um beijo? Sem mais provações, sem mais perigos. Apenas um simples beijo e tudo poderia acabar. Com certeza ela encontraria uma maneira de salvar os outros em Diamant quando estivesse acordada, quando derrotasse a Rainha.

Forçou-se a olhar para ele, de repente percebendo coisas a respeito de Henry que nunca havia notado. Como seus olhos refletiam as brasas, reluzindo em âmbar através do marrom, como o olho-de-tigre. Como seu sorriso tranquilizador fazia aparecer uma pequena covinha na bochecha. Ele parecia bastante doce quando não estava franzindo a testa.

— Poderíamos tentar — disse ela.

Henry assentiu e fechou os olhos.

Branca de Neve fechou os olhos também, mas, de repente, ela não estava mais imaginando o carrancudo e valente Henry, e sim um salteador com olhos brilhantes e travessos. Então, a verdade pesou sobre ela.

Aquilo nunca ia funcionar.

— Me desculpe, Henry — disse ela, ao se afastar. — Eu não posso.

— Está tudo bem — ele disse, seus olhos a tranquilizando de que era verdade.

— Passei a gostar tanto de você nesta jornada, realmente passei — disse Branca de Neve. — Mas o que sinto por você não é amor verdadeiro. Um beijo não nos salvará se os sentimentos não forem verdadeiros.

Henry recostou-se na parede com um suspiro.

— Eu nem sei por que achei que isso funcionaria. Não me interprete mal, eu gosto de você. Parece mais ou menos algum tipo de amor. Só não é... você sabe...

— Eu sei. Não estou ofendida — disse ela com uma risadinha. — Não podemos forçar o que não existe. Além disso, o amor de amigos é tão maravilhoso quanto.

— É uma pena que o amor de amigos não possa nos levar para casa. — Ele parecia tão aliviado quanto ela de que o amor verdadeiro não fosse uma opção para eles. Afinal, o amor verdadeiro não era algo que podia ser forçado.

— Então, quem é ele? — Henry perguntou.

Branca de Neve piscou para ele; a mudança de assunto era muito estranha.

— Quem é quem?

— O príncipe que você ama. De que reino ele é?

Branca de Neve fechou a expressão.

— Por que tem que haver um príncipe na cena só por eu ser uma princesa?

Ele deu de ombros.

— Você não deveria se casar com um príncipe?

— Acho que uma princesa pode se casar com quem ela quiser. Ou nem se casar, se ela preferir. Pode viver de acordo com as próprias regras.

Henry sorriu.

— É justo.

— E quanto a você? — ela perguntou, dando-lhe um cutucão provocador no braço. — De quem você partiu o coração lá na sua terra?

Henry riu, cruzando os braços à frente do peito.

— Meu pai estava arranjando um casamento para mim com a filha do padeiro antes de tudo isso acontecer. Nós nos dávamos bem, e eu gostava dela. Eu poderia ter chegado a amá-la um dia, talvez, se tivéssemos tido mais tempo. — Ele deu de ombros. — Essa é toda a extensão da minha vida amorosa, receio... a extensão da minha vida social, na verdade. Eu sempre me preocupei mais em aprender meu ofício.

— Também não há nada errado nisso. Às vezes... — Branca de Neve se viu corando enquanto sua mente vagava para Jonathan — ... o amor pode surgir quando você menos espera.

Amor... não era amor o que ela sentia por Jonathan, era? Por um ladrão que ela tinha ajudado a escapar do calabouço. O mesmo ladrão que a havia ajudado a escapar dos próprios soldados. Aquele com quem ela se sentia tão bem e tão segura... Com certeza tinha um carinho por ele e gostava de sua companhia. Mas amor...?

Sim. Talvez fosse. Caso contrário, por que ela teria uma sensação estranha e calorosa só de pensar nele? Uma sensação que nunca tivera por ninguém.

Branca de Neve piscou e se repreendeu por seus pensamentos, e, quando olhou para Henry, ele estava sorrindo.

— Então, quem é ele? — insistiu Henry.

Branca de Neve riu.

— Você quer mesmo saber, não é?

— Tudo o que estou dizendo é que você estava corando bastante antes, e isso não poderia ter sido por nada.

— Eu não poderia estar corando *tanto* assim. — Branca de Neve cobriu suas bochechas aquecidas com as mãos. Era verdade, não havia sentido negar agora, não quando Henry tinha visto a prova do afeto bem em seu rosto. E, além disso, seria bom ser aberta e honesta com um verdadeiro amigo. — Bem, se você quer mesmo saber... existe alguém. E ele está longe de ser um príncipe.

Quanto mais largo ficava o sorriso de Henry, mais Branca de Neve corava.

— Você está animada com esse, hein?

— Ah, Henry! — Branca de Neve começou a responder, incapaz de segurar por mais tempo. — Você já conheceu alguém que simplesmente te entende? Que permite que você seja você e te faz se sentir tão bem por causa disso?

Henry balançou a cabeça, negando, e Branca de Neve pegou as mãos dele com força.

— É um sentimento maravilhoso — disse ela. — E eu quero isso para você algum dia. Sei que, quando nem estiver procurando, você vai encontrar.

— Se você diz, estou inclinado a acreditar. — Henry sorriu.
— Mas já tenho muito amor na minha vida — acrescentou ele, tocando as pérolas ao redor do pescoço, e isso fez o coração de Branca de Neve cantar. — Tenho uma verdadeira amiga, graças a você e minha irmã. E em breve... *assim eu espero*, em breve, encontraremos o Coração de Rubi. Então, vou ver meu pai de novo também. De verdade, eu tenho todo o amor de que preciso no momento.

— E a filha do padeiro?

Henry suspirou.

— Já se passaram cinco anos. Espero que meu pai tenha desistido da ideia e que ela tenha seguido com a própria vida. Ela é uma pessoa doce, e eu lhe desejo o melhor. Seria bom pensar que ela conheceu alguém da maneira que você conheceu. Que se apaixonou e tudo mais.

— É maravilhoso que você pense assim, Henry. Vamos te transformar em um otimista antes que a noite termine.

Eles riram e, em seguida, apenas ficaram juntos por um momento, ouvindo a chuva e aproveitando o calor das brasas com amor no coração.

— Talvez devêssemos dormir um pouco para amanhã — disse Branca de Neve.

— Para amanhã, quando ainda estivermos presos nesta caverna?

Branca de Neve balançou a cabeça para o amigo.

— Henry.

— Você *não* vai conseguir me transformar em otimista. Além disso, está cansada?

— Na verdade, não.

— Então, eu estava pensando... — disse Henry. — Já que é óbvio que um beijo não vai funcionar, talvez seja melhor continuar com o mapa.

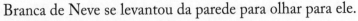

Branca de Neve se levantou da parede para olhar para ele.
— Não deveríamos esperar Mouse?
— Isso vai levar algum tempo. Você quer esperar tanto tempo assim?

Branca de Neve franziu o nariz com desgosto e balançou a cabeça.

— O que o mapa diz?

Ela ficou aliviada por Henry ter voltado a acreditar no mapa, em sua missão. Precisavam um do outro — ela estava certa disso — para terminar o que haviam começado. E, uma vez que ambos pareciam recuperados de seu encontro com o rio, não havia melhor momento que o presente para começar. Não podiam esperar Mouse voltar com outros; isso estava claro. Não, precisavam chegar ao Coração de Rubi e terminar logo com aquilo tudo. A vida de muitas pessoas dependia disso.

Henry segurou o mapa entre eles. As brasas emanavam mais calor que luz, então era difícil ver os detalhes do mapa, exceto pelo caminho brilhante... e pela palavra "Corajosa" escrita onde eles acabaram de estar. Na ponte.

— Então a ponte *foi* um dos desafios — murmurou Henry. — Ou talvez o rio?

— Talvez ambos — disse Branca de Neve. — Acho que a caixa no fim da ponte desencadeou tudo. O deslizamento de pedras não aconteceu até eu abri-la e causar uma vibração na parede.

— Agora faz sentido. Não notei nada natural que pudesse ter causado aquilo. Isso significa que temos duas provações a menos. Falta apenas uma.

— Olha, Henry — disse Branca de Neve, passando o dedo ao longo de uma linha brilhante no pergaminho. — O mapa está nos mostrando o caminho para a última provação.

E, de fato, o caminho brilhante continuava... nas profundezas da caverna em cuja entrada eles se encontravam naquele exato momento. Mas o caminho mergulhava na caverna e desaparecia, como se a luz brilhante no mapa estivesse literalmente viajando por uma caverna escura e não pudesse se sustentar lá dentro.

Quer a caverna estivesse assombrada, quer não, eles estavam indo na direção certa.

Henry observou o caminho com cautela.

— Eu definitivamente não estou ansioso por isso.

Branca de Neve sorriu.

— Prometo te proteger dos fantasmas.

— Agora você está zombando. Espere só para ver.

A chuva parou abruptamente, e as nuvens se moveram depressa, revelando a lua cheia. O luar era bem claro; algumas pedras preciosas o refletiam mais que outras, criando um caminho brilhante pelo túnel cavernoso.

— O que você acha, princesa? — Henry se levantou antes de esperar uma resposta. — Esse caminho parece claro o suficiente para nos orientarmos.

— Mais que claro o suficiente. — Branca de Neve sacudiu as saias quando se juntou a ele. — E é *Estrela Cadente* para você, muito obrigada.

Henry sorriu, e ambos seguiram para as profundezas da caverna.

10

O túnel era diferente de tudo o que Branca de Neve já tinha visto. As joias incrustadas nas paredes, no teto e no chão da caverna brilhavam intensamente como estrelas no céu, emitindo uma luz que parecia vir de dentro delas. Como se fossem plantas bioluminescentes; só que tudo parecia bem menos natural e muito mais... mágico. Ainda mais adiante no túnel, as luzes continuavam a guiá-los, cada pedra captando os reflexos de luar das pedras anteriores e passando a magia adiante.

Henry segurava o ombro de Branca de Neve com uma das mãos, enquanto ela deslizava a sua pela parede para ajudá-los a se guiar no túnel escuro. Não permitiriam que nada os separasse, como a ponte e as corredeiras selvagens. Desta vez, também não seriam surpreendidos por armadilhas. Estavam preparados para o que quer que a Rainha houvesse lhes reservado. E Branca de Neve sabia que, por estarem tão perto do Coração de Rubi, a Rainha faria de tudo o que estivesse a seu alcance.

Ainda assim, essas luzes não pareciam cheias de apreensão e maus presságios. Não era necessariamente uma magia boa, porque até mesmo coisas malignas podiam ser bonitas. A própria Rainha era um exemplo perfeito disso.

— Sinto — sussurrou Branca de Neve, sua voz reverberando um pouco nas paredes cintilantes sem qualquer esforço de sua parte — que esta caverna deve ser o lugar mais bonito em Diamant.

— Sim — murmurou Henry, olhando cuidadosamente ao redor. — Antes, é claro, de tentar nos matar.

Um pensamento horrível, mesmo que fosse necessário considerá-lo.

Caminharam mais um pouco antes que Henry puxasse Branca de Neve, na tentativa de que ela parasse.

— Ouviu isso? — ele perguntou, olhando rapidamente ao redor do túnel com a mão na empunhadura de sua espada.

Branca de Neve ouviu, mas, depois que o eco da voz de Henry se dissipou, não havia mais nada a ser ouvido. Ela esperou para ver se o som voltaria, mas tudo estava em silêncio.

— Que tipo de som era? — perguntou.

— De guinchado — respondeu ele —, como uma dobradiça enferrujada ou... — Ele congelou e, em seguida, desembainhou a espada. — Lá estava de novo. Você deve ter ouvido desta vez.

Desta vez, ela estava prestando atenção, mas, mesmo assim, teve que negar com a cabeça, embora uma parte dela estivesse começando a se sentir um pouco paranoica.

— Vamos continuar e ficar atentos.

Prosseguiram, talvez um pouco mais rápido agora. O som definitivamente era algo; Henry não estava apenas imaginando coisas por causa da ansiedade. Ela sabia que uma armadilha estava por vir. E, acima de tudo, queria estar pronta. Porque passar pela armadilha significaria que estavam ainda mais perto do Coração de Rubi.

E, então, Branca de Neve parou rapidamente para que seus passos não encobrissem o que ela estava ouvindo. *Havia* um som de guinchado... e algo ali parecia familiar.

— Aqui — murmurou Henry quando o som veio de novo.
— O que é isso?

— É... — Ela enfim reconheceu o som quando o ouviu de novo. Não podia ser. — Um rato?

O som de guinchos continuou, mas desta vez havia mais de uma fonte. Cada vez mais ratos guinchando, cada vez mais alto, e as paredes do túnel iam ecoando os sons de maneira sinistra. E logo, além dos guinchos aterrorizantes, podiam ouvir o som de dúzias e dúzias de patinhas e garras correndo pelo chão de pedra. O barulho se aproximava depressa, rápido demais para Branca de Neve decidir o que fazer.

Ambos ficaram paralisados, em silêncio, vendo olhinhos espiando no escuro. Brilhavam verdes como esmeraldas, mas, ao contrário das folhas das árvores, tinham uma tonalidade sinistra. Eram olhares hostis, com certeza. As criaturas da Rainha.

— É melhor correr — sussurrou Henry.

Mas, à medida que os ratos se aproximavam, Branca de Neve viu que os pares de olhos se multiplicavam. Devia haver pelo menos cinquenta criaturas, rapidamente aumentando para cem, como se estivessem se multiplicando das paredes, do chão ou umas das outras. Estavam correndo com um propósito, mas Branca de Neve não tinha mais medo de qualquer criatura viva naquele mundo cruel criado pela Rainha. O que a Rainha via como algo que poderia assustar, deter ou até mesmo derrotá-la, ela via como a melhor maneira de mostrar sua força.

E estava determinada a mostrá-la mais uma vez.

Os ratos pararam abruptamente a um metro de distância deles e os encararam... simplesmente os encararam. Porque o guinchar tinha parado, e tudo o que ela ouvia eram as respirações nervosas de seu amigo.

— Henry — disse ela, com a voz calma, cuidadosamente, fazendo o possível para não assustar as criaturas —, guarde a espada.

— Isso é uma péssima ideia — disse ele, encarando as centenas de pares de olhos que os fitavam, inabaláveis.

— Você vai querer lutar contra eles...

— Com toda a razão.

— E ambos sabemos que não é assim que funciona. — Branca de Neve assentiu, esperando que ele pudesse ver seu olhar tranquilizador na penumbra. — Por favor, Henry.

Henry hesitou por um momento.

— Espero que saiba o que está fazendo. — E, então, lenta e relutantemente, ele guardou a espada.

E foi aí que os ratos atacaram.

Branca de Neve e Henry mal tiveram tempo de cobrir o rosto com os braços antes que os animais corressem na sua direção. As pequenas garras de esmeralda arranharam suas roupas e seus braços, e, de repente, ela pensou que talvez Henry estivesse certo em querer fugir. Golpearam as criaturas com as mãos, mas, sempre que conseguiam afastar uma, outra tomava o seu lugar, e logo ela se viu sendo forçada a ficar de joelhos em razão de todo o peso dos corpos ferozes sobre ela.

Não demorou muito, Branca de Neve se sentiu sufocada e lutou contra as criaturas para evitar que a empurrassem totalmente para o chão. Se perdesse mais vantagem do que já tinha perdido, não haveria como se levantar novamente.

Seria o fim.

— Não! — gritou Branca de Neve, despertando a adrenalina em seu corpo para continuar. — Isso não é o fim!

Mas ela era apenas humana, e o peso das criaturas era grande demais.

— Pegue minhas mãos! — disse Henry. Branca de Neve conseguiu levantar os braços para pegá-las, e ele a puxou para cima. Ela teve que chutar o chão para fazer isso e, quando o fez, assustou três ratos, que correram para a escuridão.

Observou os ratos fugirem. Movimentos rápidos os assustavam. E, de repente, ela soube o que fazer.

— Henry! — Branca de Neve chamou. — Lembra da nossa dança durante a festa?

— Por favor, me diga que há um bom motivo para você estar perguntando isso! — ele gritou, desesperado.

— Dance comigo.

Henry olhou para Branca de Neve, seus olhos brilhando de entendimento.

E eles começaram a dançar... devagar no começo, já que os ratos pesavam sobre seus membros. Mas, à medida que agitavam os braços e levantavam as pernas, mais ratos saíam correndo. Logo pegaram ritmo, chutando e girando ao som da música na memória. Quanto mais conseguiam se mover, mais rápida se tornava a dança. Braços erguidos, girar, chutar! Os guinchos angustiados dos animais ficavam mais baixos enquanto eles fugiam pelo túnel.

Branca de Neve e Henry dançaram e dançaram, e logo estavam rindo, seus corpos não mais sendo oprimidos, enquanto os últimos ratos recuavam para a escuridão da caverna, de onde tinham vindo.

Giraram uma última vez e se deram um abraço de vitória.

— Conseguimos! — Branca de Neve exclamou.

— Não posso acreditar que isso funcionou — Henry disse e, então, riu. — Preciso parar de dizer isso. *Claro* que funcionou!

Eles se separaram, segurando um ao outro a um braço de distância, e se detiveram para ouvir. Não havia mais guinchos nem mesmo ecoando à distância. Nenhum arranhão de garrinhas maliciosas contra as paredes e o chão. Nenhum olhar sinistro que brilhasse.

Tinham conseguido.

— Conseguimos! — Branca de Neve repetiu, afastando-se de Henry para olhar ao redor, sorrindo. — Você é o melhor dançarino de toda Diamant, de verdade.

Henry sorriu.

— Ajuda ter uma parceira tão genial.

Branca de Neve soltou um suspiro de alívio. Ela pegou a mão de Henry e o levou pelo caminho. Era melhor continuar em movimento. Se os ratos tentassem voltar, mover-se era a única maneira de se livrar deles novamente.

Algum tempo depois, as pedras reflexivas mudaram de padrão — de cordões cintilantes para Vs invertidos. Assim como a placa de alerta deixada na entrada, havia algo de anormal nelas, como se tivessem sido colocadas de propósito dessa forma.

Então, de repente, houve uma luz ofuscante, refletida pelas pedras. À frente, o luar brilhava forte no fim do túnel, preenchendo o espaço.

— É isso — disse Henry. — Estamos quase lá.

A excitação de Henry era contagiante, e eles correram. Correram em direção à luz, para a abertura, para o...

Branca de Neve tropeçou, como se o chão tivesse se movido sob seus pés, e ele a segurou antes que ela caísse em uma das paredes. Houve um grito, como o grito de um *banshee*, um som horripilante que ecoou pelo túnel de onde tinham vindo. Aquilo gelou os ossos de Branca de Neve.

— Poderia ser outra armadilha — disse ela, recuperando o equilíbrio.

O grito ecoou novamente, mais perto desta vez.

Henry olhou ao redor com cautela.

— Não acho que deveríamos esperar para descobrir.

Eles se apressaram em direção à luz, mas logo foram lançados ao desequilíbrio por um tremor intenso.

— Não podemos fugir disso, Henry — disse Branca de Neve. — A única maneira de passar por essa armadilha é enfrentá-la, como as outras.

Henry olhou para a escuridão do túnel.

— Enfrentar o quê? É isso que me preocupa.

Normalmente, Branca de Neve contraporia a preocupação de Henry com esperança e determinação ilimitadas; mas, naquele momento, a preocupação dele parecia justificada. A Rainha, no entanto, só tinha pedras preciosas à disposição. Branca de Neve pensou nas armadilhas que não envolviam criaturas selvagens. A primeira armadilha viera do céu — aquelas folhas de pedra verde caindo das árvores. A segunda, do chão — aquela pedra de cristal rastejante que tentara consumir Henry. Desta vez, Branca de Neve tinha certeza de que envolveria as paredes.

Bem... oitenta por cento de certeza.

— Não vamos tocar nas paredes — disse ela. — Acho que a próxima armadilha virá daí.

Henry olhou para as paredes que brilhavam.

— Você acha que a armadilha vai envolver espinhos?

— Devemos estar prontos para qualquer coisa.

— Pensando bem — disse Henry, analisando as paredes —, acho que podemos descartar os espinhos. Eles só seriam um perigo para nós se as paredes...

O grito ecoou pelo túnel e foi seguido por um tremor que parecia o rugido de uma fera gigante. Tanto Branca de Neve quanto Henry ficaram paralisados, observando o túnel, prontos para enfrentar qualquer armadilha que a Rainha tivesse preparado.

Se ao menos soubessem qual era a armadilha.

E, então, houve um som terrível e áspero, como pedra raspando em pedra, rachando, desmoronando. Branca de Neve encolheu-se, cobrindo a cabeça com os braços enquanto o ruído ensurdecedor derramava uma chuva de poeira sobre eles. Ela tossiu, afastando a poeira para poder ver o que se movia adiante. Porque havia *algo* se movendo adiante...

— O que é? — murmurou Henry, segurando o cabo de sua espada, mas balançando-se nos pés, inseguro sobre o que a armadilha exigia deles: lutar ou fugir.

Não era uma criatura perseguindo-os nem espinhos sendo atirados pelas paredes. Eles observaram as pedras translúcidas e brilhantes no fim do túnel desaparecerem, começarem a escurecer e se apagar mais e mais e mais, até que puderam ver claramente o que estava acontecendo diante de seus olhos.

As paredes estavam se fechando uma na outra, um segmento de cada vez.

O coração de Branca de Neve caiu até seus pés.

— Mudei de ideia, Henry. Talvez devêssemos correr.

Henry não fez perguntas. Os dois simplesmente se viraram e correram.

Mais e mais rápido, as paredes desmoronavam atrás deles, como portas grossas e gigantes, sacudindo o chão e o teto. Perseguindo-os, como se fossem algo vivo, enquanto Branca de

Neve e Henry lutavam para correr e se manter de pé, apesar do tremor constante. A saída da caverna estava tão próxima...

Mas o pulso de Branca de Neve acelerou quando as pedras começaram a chover — não sobre ela e Henry, mas perto da abertura. Pedras maiores caíam à medida que o teto se rachava e desmoronava. Muito rapidamente, as rochas empilhadas começaram a bloquear a luz do luar. O teto estava desabando.

Nem a captura, nem a morte, contudo, eram opções para os dois companheiros — não quando estavam tão perto do Coração de Rubi.

— Não vamos conseguir! — gritou Henry.

— Temos que conseguir! — Branca de Neve gritou de volta.

Mas as paredes estavam se fechando para encontrar as pedras que rolavam, e Branca de Neve começava a pensar que talvez fosse necessário um milagre para que os dois alcançassem a saída a tempo.

Porque, de repente, mal restava luar para iluminar o caminho à frente deles, e as paredes caindo estavam quase em seus calcanhares. Se um deles tropeçasse, tudo estaria acabado. Ambas as obstruções se aproximavam rápido, prestes a esmagar Branca de Neve e Henry.

Ela chegou a um ponto em que não podia mais negar. *Acabou, Branca de Neve*, pensou, sentindo o inevitável. *Este é o fim.*

Não havia outra opção. Preparando-se para serem esmagados juntos, eles envolveram os braços um ao redor do outro e caíram no chão.

Assim que atingiram o chão, as paredes pararam e a última pedra despencou.

Imediatamente, a caverna foi engolida por uma escuridão profunda; agora, sem o feixe do luar, as pedras não tinham luz para captar e refletir. Tudo ao redor deles era silencioso, exceto pelos últimos rolares de pequenas pedras e um último estrondo através da terra, como um monstro gigantesco engolindo sua presa.

O ar agora era rarefeito; tudo o que era fresco e bom do exterior estava completamente bloqueado. Mas, ao mesmo tempo, o ar estava carregado de terra e poeira. Os dois conseguiram se colocar de joelhos, tossindo e afastando a poeira do rosto.

— Você está bem? — Branca de Neve ouviu Henry perguntar. Era uma pergunta desesperada. A voz parecia estar bem ao seu lado, mas ela nem sequer conseguia discernir o contorno da forma dele na escuridão. Tocou no ombro dele para se certificar de que a voz não tinha sido apenas um truque de seu ouvido.

— Estou bem — respondeu, aliviada por ele estar vivo, mas também agradecida por ele não poder vê-la franzir o cenho. Seu joelho latejava e queimava: devia tê-lo esfolado ao cair. Fora isso, estava tudo bem.

Fisicamente, pelo menos.

Por dentro, seu coração estava acelerado de frustração. Antes de entrarem no túnel, ela sabia que devia esperar uma armadilha, mas esta havia se revelado tão imprevisível quanto as anteriores. A única coisa de que tinha certeza era que estavam perto do último desafio. Tinham que estar, senão a Rainha não pareceria tão desesperada. Ela sabia que estava prestes a perder.

— Bem — Henry murmurou —, você estava certa sobre as paredes.

Branca de Neve ouviu um som de arranhão e viu o lampejo de um brilho alaranjado quando Henry acendeu um pequeno carvão com sua pederneira. Ele segurou-o na lâmina da espada para que pudessem carregá-lo enquanto observavam os danos causados pelo desabamento da caverna. A visão das duas paredes atrás deles se fechando uma na outra, como se fossem uma, enfatizou a gravidade do que teria acontecido se não tivessem escapado a tempo. E, diante deles, não havia nada além de pedras preenchendo todo o espaço até o teto da caverna.

Não podiam avançar com o caminho bloqueado por um amontoado de pedras. Não podiam voltar através da caverna por onde tinham ido e encontrar outro caminho. A armadilha preparada pela Rainha fizera seu trabalho. Estavam, de fato, confinados no pequeno espaço — e com pouquíssimas opções.

— Talvez possamos cavar e abrir um caminho para fora daqui — disse Branca de Neve, olhando para as pedras empilhadas.

— Essa é uma opção — disse Henry, apoiando-se contra a parede com um suspiro. — Sendo realista, poderíamos. O problema é que a única ferramenta que temos é minha espada, e eu não duvidaria se levasse um dia inteiro ou mais. Preferiria um jeito mais fácil, se conseguirmos encontrar um. — Ele tirou o mapa e o desdobrou, mas o caminho não se iluminou em nenhuma direção. Tanto quanto eles, o mapa não conseguia enxergar um caminho.

— Temos que pensar, Henry — disse Branca de Neve, apoiando-se na parede oposta para encará-lo. — Deve haver alguma coisa que só estamos olhando por alto.

— Alguma coisa que só estamos olhando por alto? — murmurou Henry. Ele pensou por um momento. — Todas as provas e armadilhas foram adaptadas às suas habilidades e ao seu modo de pensar. A saída daqui não é da maneira mais óbvia.

— É gentileza da sua parte dizer isso, Henry... — ela fez uma pausa e piscou para ele — ... eu acho.

— Bem, é verdade. Não podemos voltar; além disso, tentar cavar com as próprias mãos vai levar uma eternidade. — Ele caminhou de um lado para outro por um momento no pequeno espaço. — O que significa que você está certa: deve haver alguma coisa que só estamos olhando por...

— Olhando por alto! — Branca de Neve disse ao mesmo tempo que Henry, olhando para o teto assim como ele. Seus olhos estavam arregalados com a descoberta.

Era uma aposta de risco, talvez, mas estavam ficando sem opções. E sem ar.

Além disso, se o mapa não enxergava um caminho, a única conclusão lógica era que eles teriam que criar o seu próprio.

— Acha que, talvez, aquelas pedras colocadas em posições estranhas estavam tentando nos dizer alguma coisa? — indagou Branca de Neve, sua voz animada ecoando no pequeno espaço.

— Estavam apontando para cima. Talvez fossem um sinal de que a única saída era através do teto.

— Tudo bem. Cuidado — disse Henry, estendendo a mão para Branca de Neve, indicando que ela ficasse contra a parede. — Cubra o rosto. Deixe-me tentar uma coisa.

Quando Branca de Neve estava pronta, Henry golpeou a espada contra o teto, a lâmina de diamante penetrando facilmente na pedra. Quando a retirou, algumas pedras caíram com ela, mas algo mais glorioso apareceu.

Luz.

Henry exclamou, fazendo Branca de Neve abrir os olhos. Então, ela também começou a gritar, e suas vozes ecoaram nas paredes da caverna.

O diamante da espada de Henry havia atravessado sem dificuldade qualquer pedra da qual a caverna fosse feita, revelando a superfície acima. Havia proporcionado espaço apenas para um fino fio de luar, mas era o suficiente para ativar as pedras translúcidas ao redor deles, fazendo-as brilhar e iluminar a pequena área onde estavam contidos.

— Henry! — exclamou Branca de Neve, segurando o braço dele e o sacudindo.

— Eu sei! — ele respondeu.
— O que você está esperando? Continue usando sua espada!
Henry balançou a cabeça e sorriu para ela.
— Está violenta hoje, Estrela Cadente. O que deu em você?
Branca de Neve riu.
— Estamos quase lá, é isso! Agora destrua esse teto, Henry.
Henry levou o comando a sério. Estocou, cortou e cavou no teto rochoso, até que ele despencou. Como a lâmina era afiada e sólida, não exigiu muito esforço, e logo ele havia feito um buraco amplo o suficiente para uma pessoa passar. Terminou golpeando para cima uma última vez, e, então, os dois se colocaram debaixo do buraco, banhados pela luz da lua.

Branca de Neve pulou em cima de Henry e o abraçou com força.
— Você conseguiu!
— Só porque pensei como você — disse Henry. Ele sorriu para ela. — Isso muda sua opinião sobre espadas?
Branca de Neve riu.
— Nem um pouquinho.
Henry arqueou uma sobrancelha para ela enquanto se ajoelhava e entrelaçava os dedos perto do chão, oferecendo-lhe as mãos como uma plataforma.
— Princesas primeiro.
Branca de Neve pôs a mão em seu ombro e o pé em suas mãos.
— Achei que não havia exceções especiais para princesas.
— Ah, eu não te contei? Em caso de amizade, a regra é anulada.
Branca de Neve sorriu para ele, seu coração se enchendo no peito, as pérolas ao redor do pescoço dele brilhando na luz.

E, então, permitiu a ele que a impulsionasse através do buraco, para o ar livre.

Ela segurou as laterais do buraco e se içou para fora, só realmente observando seus arredores quando estava de pé.

Branca de Neve encontrava-se em uma colina, que se inclinava em declive para encontrar um campo. Só que não era nada parecido com o campo onde tinham encontrado os lobos. Aquele era saudável, verde e exuberante, enquanto este consistia de uma ampla extensão de cascalho, como um campo de cultivo morto já há muito tempo. Não havia animais nem água, nada para bloquear o horizonte. O céu acima estava carregado de mau agouro — escuro e mortal, como um abismo, nem uma estrela ou nuvem sequer rompendo seu humor fechado... nada além da enorme lua cheia, como um olhar acompanhando cada movimento de Branca de Neve e Henry, lançando uma luz fantasmagórica contra todas as pedras preciosas.

E, no centro da clareira, uma árvore.

Era grande e de aspecto tão ameaçador quanto o céu. Feita de ônix puro, que refletia como óleo sob a luz da lua. Galhos selvagens e desfolhados cortavam a lua com marcas afiadas, como um matagal de espinhos ameaçadores para qualquer um que se aproximasse. Escorria um líquido escuro do tronco, dos galhos. E, em seu tronco, havia um vazio, como uma boca escancarada.

Era ameaçadora. Sinistra... aterrorizante.

— Isso não pode estar certo — murmurou Henry, como costumava fazer, aproximando-se de Branca de Neve. No entanto, desta vez ela teve que concordar com ele.

À medida que desciam cautelosamente pela encosta íngreme e se aproximavam da árvore, Branca de Neve ia se convencendo cada vez mais de que, da casca áspera, vazava sangue, espesso e semelhante a seiva. Dentro da árvore, na cavidade rasa do tronco, havia algo vermelho e pulsante... como um...

— O Coração de Rubi! — exclamou Branca de Neve.

Henry abriu a boca para falar quando houve um lampejo de luar — brilhante como um raio — refletindo em vidro. Os dois protegeram os olhos, piscando para dissipar as manchas na visão causadas pela claridade. E, de repente, em vez do Coração de Rubi, havia um espelho de corpo inteiro embutido no tronco da árvore, como se sempre estivesse ali. A moldura era feita do mesmo ônix esculpido intricadamente do tronco. Tinha a palavra "Verdadeira" brilhando como uma ferida fresca, esculpida no topo.

Henry tirou o mapa e, com certeza, a palavra "Verdadeira" brilhava na página. Era isto: a provação final.

Além da estranheza da chegada do objeto, Branca de Neve notou que ele se parecia muito com o tipo de espelho que costumava ver em casa. Talvez não fosse um truque. Deu um profundo e determinado suspiro e começou a se mover em direção ao espelho, mas Henry a segurou.

— Você não pode estar falando sério — disse ele, e ela teve que admitir que Henry estava certo. Era muito melhor ser cautelosa; a árvore parecia prestes a acordar e balançar seus galhos espinhosos contra eles a qualquer momento.

— Tudo bem, não vou tocar nele. Mas temos que descobrir isso ou nunca passaremos por esse espelho — ela disse e leu: — "Verdadeira". O que um espelho tem a ver com a verdade?

— Com sua aparência? Como um reflexo?

— Talvez. — Mordeu o lábio. Pensou nas provas anteriores. O que todas tinham em comum?

Uma coisa era que a prova não começaria até que mergulhassem nela de cabeça.

— Em contrapartida — disse Henry —, olhar para o nosso reflexo parece ser uma resposta muito simples.

— Bem, temos de tocá-lo — Branca de Neve respondeu — ou olhar para dentro dele. Não sei qual. Só sei que os lobos não nos cercaram até entrarmos no campo, e as pedras não começaram a cair até que eu cruzasse a ponte. Está claro que temos que fazer algo para iniciar a prova.

— Sim! — Henry se animou. — E todas as palavras tinham significado para as outras provas. *Justa, Corajosa... Verdadeira.* Pode representar nós dois expressando a verdade um para o outro.

— Mas é um espelho — objetou Branca de Neve, estudando-o. — Talvez... tenhamos que expressar a verdade para nós mesmos.

Henry bufou de frustração.

— Mas o que isso significa?

Ouviram uma voz pequena e familiar, tão fina e traiçoeira quanto um fantasma:

— Eu sei o que isso significa.

Branca de Neve e Henry se viraram para olhar de uma só vez. Mouse estava na entrada da caverna — ou onde seria a entrada se ela não estivesse bloqueada pelo desabamento de pedras. Não havia como ter saído por ali nem como tê-los seguido. Devia haver outro caminho até lá, um que não estivesse indicado no mapa.

Devia haver... porque a alternativa — que Mouse simplesmente houvesse aparecido do nada — era muito estranha para ser considerada.

— Você deveria ter ido buscar ajuda — acusou Henry, sua voz ríspida.

Era difícil dizer à distância, mas ela parecia sorrir.

— Se eu tivesse feito isso, teria perdido toda a diversão.

Branca de Neve sentiu seus braços se arrepiarem. Ela tocou a mão de Henry para tranquilizá-lo antes de se aproximar da garotinha.

A caminhada parecia silenciosa... sombria. Como se o próprio ar ao seu redor tivesse pausado para observar.

— Mouse — chamou Branca de Neve para quebrar o silêncio sinistro. — Se você sabe o que a palavra no espelho significa, deveria nos contar.

Mouse não respondeu.

Conforme Branca de Neve se aproximava, podia ver o brilho nos olhos da garota, um olhar que claramente dizia que ela sabia algo que eles não sabiam.

Mas, antes que pudesse falar mais alguma coisa, Mouse gritou:

— Não vão me pegar! — E saiu correndo na direção dela.

Branca de Neve se preparou para pegar a garotinha, mas ela passou direto. Era surpreendentemente rápida.

— Mouse! — Branca de Neve chamou ao se virar e a perseguir. — O que você está fazendo?

Mas a garotinha não escutou. Em vez disso, saiu correndo a toda velocidade na direção de Henry. Na direção da árvore. Na direção do espelho.

— Mouse! — A voz de Branca de Neve se elevou com alarme.

Não parecia que Mouse ia parar. Henry se lançou para pegá-la, mas ela se esquivou por baixo de seu braço. Ia colidir diretamente com o...

O vidro do espelho ondulou como água quando Mouse saltou através dele e desapareceu.

Branca de Neve e Henry tropeçaram ao parar, olhando um para o outro. O medo encheu o estômago de Branca de Neve.

Havia algo muito errado, e as respostas que buscavam, de alguma forma, estavam no espelho — com Mouse. Branca de Neve voltou sua atenção para o objeto. A superfície ainda ondulava como um lago escuro e perturbado. Branca de Neve não sabia para onde os levaria, mas uma coisa estava clara: a prova final tinha começado.

Ela e Henry deram um profundo suspiro e, então, lançaram-se juntos na superfície escura do espelho.

— Mouse?

Branca de Neve tinha certeza de que estava acordada, com os olhos bem abertos. Até piscou algumas vezes para ter certeza. No entanto, mal conseguia enxergar alguma coisa; mesmo quando levantou a mão na frente do rosto, parte dela não tinha certeza se estava lá. A escuridão girava ao seu redor, uma névoa que ameaçava sufocá-la com a proximidade. E o fedor que exalava da névoa era… frio. Não como o inverno. Não era nada natural. Era mais como o frio de uma lâmina de aço, de tristeza e solidão.

De magia maligna.

— Mouse — ela tentou novamente, com firmeza. — Onde você está?

Por um segundo, não houve resposta. Um segundo… mesmo que ela não tivesse ideia de quanto tempo havia se passado. Tempo, espaço e realidade pareciam girar ao seu redor tão devagar quanto a escuridão, obliterando toda a lógica.

Então, de repente, a voz de Henry ecoou:

— Branca de Neve! — E ela viu que ele estava parado a apenas alguns metros na frente dela, envolto na rotação da névoa. Quando se aproximou dele, porém, Henry desapareceu novamente dentro do turbilhão, e ela não sentiu nada, mesmo que jurasse que o corpo dele estivera a apenas alguns metros de distância.

Seu coração batia forte enquanto ela tentava caminhar na direção em que o tinha visto, com os braços estendidos à frente, mas a névoa era desorientadora. E talvez tivesse ido na direção errada — ou ele tivesse tentado chegar até ela também —, porque Branca de Neve viu a mão de Henry estendida de algum lugar ao lado dela, em vez de à frente. Mas, quando tentou pegá-la, ele desapareceu outra vez.

Os dois tentaram desesperadamente se aproximar um do outro, mas, sempre que tentavam, a névoa se movia tal qual um monstro com vida própria. Por um tempo, provocou-os com vislumbres um do outro, e o coração de Branca de Neve batia forte, até que, enfim, não conseguiam mais se ver ou ouvir.

E talvez fosse *mesmo* um monstro, porque algo afiado de repente deslizou pelo braço de Branca de Neve. Ela gritou e agarrou o ferimento, em pânico ao sentir o membro latejar, os dedos úmidos de sangue quente. Algo pegou suas saias, sua manga, tentando cortá-la, mas foi bloqueado pelo tecido espesso.

— Henry? — Branca de Neve chamou, apenas por conforto. Mas o som de sua voz saiu abafado, estático, indo a lugar nenhum além de seus próprios ouvidos. — Henry! — Ela tentou uma segunda vez, mas o grito não deixou sua garganta. Agarrou o pescoço, assustada pela falta de controle que tinha sobre a própria voz, o próprio volume. Será que era sua voz que a estava abandonando ou era a névoa?

Ou era... outra coisa?

Branca de Neve deu um profundo suspiro.

— Esta é sua provação final? — ela questionou a Rainha, pois sabia que a monarca poderia estar ouvindo. — Se isso é tudo o que você tem para mim, não é o bastante para destruir meu espírito.

Ficou ali por um momento em um silêncio avassalador, quebrado apenas por sua respiração trêmula. O silêncio e o frio. Era mais que frieza e solidão. Penetrava profundamente em seus ossos. Era desesperança.

Não podia se entregar àquilo. Não podia permitir que a desesperança dominasse sua mente.

Pessoas demais dependiam dela.

— Não tenho medo de você — disse ela, olhando ao redor devagar, tentando encontrar uma abertura na névoa. — Você tem medo de mim?

A Rainha devia ter levado a pergunta acusatória para o lado pessoal, porque a névoa de repente caiu ao chão e flutuou ao redor de seus pés, revelando grandes fragmentos de espelho que flutuavam lentamente no ar. Tinha sido isso o que cortara Branca de Neve, ao que parecia, e ela agradeceu por seu ferimento não ter sido pior. Soltou um suspiro de alívio quando viu que Henry estava a apenas alguns metros de distância. Ele tinha um corte fino e feio no rosto e outro no braço. Quando se entreolharam, o alívio inundou a expressão dele também, mas a raiva tomou conta quando ele desembainhou a espada.

Infelizmente, Branca de Neve tinha a sensação de que espadas não seriam de utilidade ali, como nas outras provas.

Ela tocou a superfície plana de um dos fragmentos de vidro para desviá-lo de acertar seu rosto, e o fragmento mudou de direção como se não tivesse peso. Os dois observaram com cautela enquanto ele flutuava para longe, mas esse não era o momento de se distrair. Henry tocou mais fragmentos perto deles com sua espada para afastá-los, mas, quando Branca de Neve deu um passo em direção a Henry pelo caminho que ele havia aberto, os fragmentos do espelho se moveram para bloquear sua passagem, como se tivessem vontade própria. Não fazia sentido tentar uma segunda vez. Com base na névoa giratória e nos espelhos afiados, ficou claro que a prova que ela estava prestes a enfrentar — qualquer que fosse — teria de ser enfrentada sozinha.

No entanto, Henry estava furioso.

— O que é este lugar? — ele questionou para o nada, pois parecia que ninguém estava lá para responder.

Mas havia alguém. Diante deles, no centro do vórtice de névoa suja, estava Mouse.

Os fragmentos refletiam coisas, mas não qualquer coisa presente na névoa. Em suas superfícies, mostravam Mouse, certamente, mas não como Branca de Neve via a garota agora. Era como se uma cena estivesse acontecendo, um momento se desenrolando diante deles, mas apenas no mundo dentro do vidro. A Mouse no vidro estava sentada em uma cama feita de madeira com um colchão de verdade, brincando com uma boneca —subitamente arrancada dela por uma pessoa sem rosto. *Memórias*, pensou Branca de Neve. Era isso o que viam.

Então, os fragmentos se transformaram uma vez mais, e, neles, Mouse estava sentada atrás de uma mesa de madeira de verdade — em uma casa feita de tijolos, em vez de pedras preciosas —, com um prato de comida inacabado diante dela; seu olhar melancólico focado do lado de fora, onde meninas brincavam.

Os fragmentos se moveram ao redor de Mouse, e o estômago de Branca de Neve se encheu de apreensão quando um passou pelo rosto da garotinha e refletiu uma face que não era a dela. Ou talvez fosse, porém mais velha — com os mesmos olhos castanhos e cabelos escuros. Agora tinha a mesma expressão doce e maliciosa que Branca de Neve vira durante metade de sua vida.

Era o rosto da Rainha.

Os olhos de Mouse brilhavam de forma sobrenatural, tão maldosos quanto no pesadelo da primeira noite de Branca de Neve e tão implacáveis quanto em sua alucinação no rio. Eram olhos que só poderiam significar o mal para qualquer pessoa que focassem, mesmo no rosto da garotinha. A princípio, Branca de Neve não havia percebido, mas agora não podia negar a semelhança.

Então, tudo fazia perfeito sentido. Tabitha dissera a ela que a Rainha havia criado Diamant quando era muito jovem e estava apenas começando a aprender sua magia. Talvez Mouse estivesse lá antes de qualquer outra pessoa, porque ela *era* a Rainha, ou pelo menos uma parte de seu subconsciente que permanecia ali — colocada para guardar aquele mundo que ela havia criado, garantindo que ninguém saísse.

— Achou mesmo que eu deixaria você levar meu Coração de Rubi assim tão fácil? — questionou Mouse, sombria, e os fragmentos ao seu redor ecoaram as palavras dela na voz de uma mulher adulta. — Você, Branca de Neve, entre todas as pessoas?

Soltou uma risada maligna enquanto levantava suas mãozinhas, movimento copiado por seus reflexos adultos, e comandou os fragmentos a voar na direção de Branca de Neve e Henry. Branca de Neve ergueu os braços para bloqueá-los, mas, quando Mouse — a Rainha — desapareceu, sua risada maníaca se tornando nada mais que um eco, os fragmentos pararam ao redor deles como tinham parado ao redor dela.

Branca de Neve cobriu a boca com a mão. Estava surpresa, atordoada enquanto observava… a si mesma. Nos reflexos, ela estava no chão, acordando ao lado de Henry perto da sinistra árvore oca.

Não me lembro disso, ela pensou. *Não pode ser meu passado...*

Branca de Neve piscou e, no momento seguinte, viu tanto a si mesma quanto a Henry a cavalo, galopando em direção a uma vila que nunca tinha visto. A cena se dissipou como fumaça, e agora ela via uma multidão de agricultores e proprietários de lojas, homens e mulheres, preparando suprimentos para a viagem, vestindo suas armaduras, selando cavalos. Henry, trabalhando em uma forja, concentrado enquanto cunhava uma nova espada e uma armadura do mais belo dourado — e, no momento seguinte, Branca de Neve se viu vestindo aquela armadura, que lhe servia perfeitamente.

No instante seguinte, a cena mudou de novo. Um exército enorme, envergando armaduras completas, com armas em punho, avançou a cavalo, com ela e Henry indo na frente. Pareciam ferozes como leões contra a luz rosa e laranja de uma aurora tão clara quanto um farol nas suas armaduras já brilhantes, o que lançava sobre eles um brilho dourado radiante.

E a Rainha estava em sua janela, os olhos castanhos agora não tão arrogantes, tremendo de medo.

Branca de Neve fechou os olhos com força. O que *era* aquilo? Tinha se aproximado da árvore, mas nunca tocado o Coração de Rubi. A cidade claramente não era Diamant, porque era feita de mais do que apenas pedra e ela não reconhecia ninguém; Tabitha nem estava lá. E nunca tinha usado armadura em sua vida. Não, esse não era o seu passado. Então, seria possível que ela estivesse vendo... o futuro?

Ou o que *poderia* ser o futuro se ela beijasse Henry com amor verdadeiro em seu coração, para que pudessem voltar para casa.

Era uma opção violenta; uma batalha era mais violência do que ela poderia suportar sem desconforto. E ela amava Henry profundamente, mas não era o tipo de amor que poderia enviá-los de volta para casa. Como isso poderia ser o seu futuro? Não poderia ser. Nada daquilo parecia certo.

Ela abriu os olhos e ofegou de susto, porque a cena mudou e lá estava Jonathan olhando para ela de dentro do vidro. O bravo e encantador Jonathan. A maioria o chamaria de ladrão indigno, mas ele era o seu coração. Na cena exibida nos fragmentos, ele estava de joelhos no chão sobre ela e a beijava tão docemente que a acordava daquele pesadelo de lugar. E, juntos, ela, Jonathan e seus amigos voltavam para o reino dela e...

Sim. Esse. Ela não precisava considerar. Era esse. Talvez ambos os cenários fossem verdadeiros — *poderiam* ser verdadeiros, mas só dependia dela, não é mesmo? Ela poderia escolher sua verdade.

E sua verdade não precisava ser vil, não precisava afundar ao nível da Rainha para ser eficaz. Não precisava começar uma guerra para salvar seu reino dos horrores da Rainha. Tudo o que tinha a fazer era ser como seu pai — justa, corajosa... verdadeira.

Assim, Branca de Neve respirou fundo. E fechou os olhos.

Branca de Neve acordou subitamente, como se tivesse sido arremessada de grande altura. Ela gemeu, ofegando para o céu — mas não o vazio que estava dentro do espelho um momento antes. Não havia fragmentos de vidro flutuando ao seu redor nem uma névoa cruel e envolvente, apenas uma brisa leve e as estrelas acima. Estava olhando para o céu real — não a versão maligna dele, mas simplesmente as cores normais da noite.

Será que nós conseguimos?, ela se perguntou.

Espera, nós?

— Henry! — chamou, olhando ao redor às pressas, seu coração acelerado. Mas uma mão segurou a sua antes que ela pudesse se sentar. Vendo Henry ao seu lado, soltou um suspiro de alívio e se aproximou dele. Estavam deitados no chão como na noite em que haviam dançado, mas, desta vez, não havia montes de risos e alegria. Hoje se abraçavam como se fossem se quebrar, caso soltassem. Eles se olharam, e, nos olhos de Henry, Branca de Neve viu o que sentia. Medo. Admiração. Propósito.

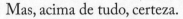

Mas, acima de tudo, certeza.

— Você está bem? — ele perguntou.

Branca de Neve assentiu enquanto franzia a testa para o ferimento dele e tocava, levemente com os dedos, o corte em sua bochecha. Não havia como negar que o que acabara de acontecer era real, não quando a prova estava ali, no rosto cortado de Henry.

— E você?

— Não está doendo — ele a tranquilizou.

Ela olhou para cima e viu que estavam, de fato, deitados ao lado da árvore. Ainda era tão preta como carvão, e seus galhos apontavam para o céu como um emaranhado de espinhos. Mas, a partir desse ponto, a história se desviava, pois a árvore havia se recuperado da possessão malévola da Rainha, assim como o céu. Não tinha mais poder; era apenas uma árvore feita de pedra, não mais cheia de maldade. A seiva que sangrava dela havia secado, e o centro de seu tronco estava intacto, como se o oco nunca tivesse existido. Agora, parecia mais triste que maligna, como algo morto e em decomposição, mas ainda permanecia de pé porque nada tinha passado para derrubá-la. Definitivamente, diferenciava-se da visão. Nada ali poderia machucá-los mais; Branca de Neve tinha certeza disso.

— Eu vi coisas — Henry exclamou de repente, tirando-a de seus pensamentos.

— Eu também — ela respondeu em tom baixo.

— O espelho mostrou o meu futuro... — ele hesitou, olhando para as mãos unidas, segurando-se como se a um salva-vidas — ... o *nosso* futuro.

O coração de Branca de Neve afundou. Então Henry tinha visto as mesmas coisas que ela — e talvez tivesse escolhido o futuro diferente do dela. Mas como ele poderia ter feito isso, se esse não era o futuro que ela havia escolhido?

Ela se apoiou no chão para se sentar. Aos pés deles, o espelho tinha desaparecido. Em seu lugar, estava o mapa aberto. Abaixo de "Verdadeira", agora havia a imagem do Coração de Rubi. O coração de Branca de Neve deu um salto. Conseguiram!

Realmente conseguiram.

Ela pegou o mapa e, quando olhou novamente, viu o Coração de Rubi deitado nas raízes da árvore. Henry também se sentou e, juntos, eles o observaram com olhos fixos, sem ter certeza do que fazer a seguir.

— Isso é mesmo o Coração de Rubi — murmurou Henry. — Nós realmente conseguimos...

Ainda maravilhados com o que tinham acabado de realizar, Henry não se mexeu, então Branca de Neve colocou o mapa de lado, estendeu os braços e pegou cuidadosamente o Coração de Rubi.

Era feito de puro rubi, de um vermelho profundo e sólido ao toque. No entanto, havia algo *vivo* nele. Assim como os lobos, os corvos e os ratos, o Coração de Rubi era um ser sobrenatural, algo que não deveria ser capaz de existir em mundo algum. Ela observou as câmaras pulsarem, as veias e as artérias brilharem com movimento escuro, como se o coração pertencesse ao peito de alguém. De quem era esse peito, ela não sabia.

A ideia era perturbadora, para dizer o mínimo.

— O que fazemos agora? — Branca de Neve perguntou. Henry sacudiu os ombros.

— Você precisa tocá-lo enquanto faz um desejo. É só o que eu sei.

— Chegamos tão longe... mas nunca pensei em questionar se o Coração de Rubi *era capaz* de mandar todos em Diamant de volta para casa até este momento. — Ela olhou para Henry. — Se eu o tocar e fizer um desejo, vai ser o suficiente?

— Não tenho certeza — Henry disse solenemente. — Mas, se for como a Semente dos Desejos, assim que você usar o desejo, ele se desintegrará em pó. Então nós realmente só temos uma chance.

Uso único. Um desejo. E, muito provavelmente, apenas um deles teria a chance de fazê-lo, sem garantia de que qualquer outra pessoa poderia se beneficiar de seus efeitos.

Em contrapartida...

Há um minuto, ela havia pensado que o coração continha um poder de que ela precisava desesperadamente. Que era a única maneira de voltar para casa e salvar seu reino. Mas... alguém a amava. Poderia acordar com o beijo do amor verdadeiro, tendo o Coração de Rubi ou não.

— Você pega — disse ela, entregando-o a Henry.

Ele a encarou com espanto.

— Você é altruísta demais para o seu próprio bem, sabia disso? — Ele moveu as mãos dela de volta para ela mesma e balançou a cabeça. — Estou aqui em Diamant há tanto tempo que... bem, julgando pelo que vi nesses fragmentos de espelho, não tenho nada para que voltar. Mas tenho minha irmã aqui. Tenho alguém, algo para me prender aqui. Você pega o Coração de Rubi. Você tem um reino para salvar.

— Por favor, Henry. Pegue-o. — Desta vez, ela o colocou em suas mãos, apesar das objeções. — Quando você acordar, poderá viver da forma como sempre sonhou. Poderá viajar para qualquer reino que desejar e se tornar um guarda real. Com todas as habilidades que desenvolveu aqui, eu apostaria que vai ser um dos melhores.

Henry riu, mas depois balançou a cabeça, enxugando as lágrimas que teimavam em escapar.

— Seu reino precisa de você — disse ele, devolvendo o Coração de Rubi para as mãos dela.

Permaneceram em silêncio por um momento, exaustos... sobrecarregados de emoções.

— Podemos descobrir isso juntos — Branca de Neve colocou o Coração de Rubi de lado para que pudesse pegar as mãos de Henry novamente. — Quais eram seus dois futuros? Talvez haja uma dica para tudo isso naquilo que vimos.

— Em um deles, fomos para a batalha — disse ele, mas parecia perturbado por esse possível futuro e logo avançou. — No outro, Tabitha e eu...

Ele congelou, sua testa franzida, enquanto aparentemente pensava em suas palavras, como se estivesse tentando entendê-las.

— Tanto Tabitha quanto eu voltamos para casa. Juntos.

A empolgação de Branca de Neve era palpável, seu entendimento imediato.

— Vocês dois estavam tocando o Coração de Rubi?

A mandíbula de Henry caiu, depois se transformou lentamente em um largo sorriso, e ele segurou o rosto dela com as mãos.

— Estrela Cadente, você é um gênio! — ele exclamou, e ela riu de alegria com suas palavras. — Na visão, só eu segurava o Coração de Rubi, mas Tabitha segurava minha mão!

— Podemos todos dar as mãos em uma longa corrente! E então...

— Todo mundo em Diamant vai poder voltar para casa — Henry concluiu, parecendo mais empolgado do que ela já o tinha visto.

Ambos gritaram e exultaram com alegria desenfreada, apesar da árvore desapontada ainda pairando sobre eles. Talvez tomar posse do Coração de Rubi tivesse dissipado o que havia ofuscado o lugar. Porque, agora, a manhã estava nascendo. Raios dourados lançavam um brilho sobre o ambiente, afastando a escuridão.

Eles tinham vencido.

* * *

A Rainha devia estar sentindo sua derrota e chafurdando nela, porque o caminho de volta parecia mais curto que o de ida, mal deu um dia de viagem. Branca de Neve se sentia leve, longe de estar cansada demais para sentir a fadiga, e pareceu não demorar muito antes que ela e Henry vissem a placa da cidade. Eles sorriram um para o outro e correram.

Era revigorante correr em direção à liberdade daquela maneira.

Liberdade... porque, a qualquer minuto, eles iriam para casa. Suas casas *reais*, no mundo real, com seus amigos e familiares.

A qualquer minuto, eles acordariam.

— Reúnam todos na praça! — Henry exclamou para aqueles que estavam perto, seu entusiasmo incomum pegando-os de surpresa. — Diga a eles que trouxemos o Coração de Rubi! Depressa!

Algumas pessoas pareciam confusas, como se não conseguissem processar tudo o que ele dizia. Mas a maioria correu, gritando, assim como Branca de Neve e Henry haviam feito. Os dois olharam um para o outro.

— Nem consigo acreditar que conseguimos — Henry disse pela centésima vez desde que haviam encontrado o Coração de Rubi.

— E eu sabia que conseguiríamos — disse Branca de Neve, dando um empurrão brincalhão no braço do amigo.

— Claro que sabia.

Branca de Neve e Henry observaram enquanto a cidade fervilhava de confusão e animação.

— Depois de todo esse tempo, finalmente posso deixar esse pesadelo para trás. — Henry fez uma pausa e olhou para o lado, brincando com as pérolas em seu pescoço enquanto dizia: — Mas os sentimentos são um pouco contraditórios... a ideia de que talvez não nos lembremos de nada disso quando acordar.

Branca de Neve o encarou de forma astuta.

— Isso é uma forma de dizer que você vai sentir minha falta?

— Sentir *sua* falta? A princesa que se joga de cabeça no perigo? — Ele mal conseguia manter uma expressão séria. — Não, mas vou sentir falta dessa espada de diamante, com certeza...

— Ele levou um susto quando Tabitha quase o derrubou com a força de seu abraço.

— Eu sabia que vocês dois conseguiriam — ela disse, puxando Branca de Neve para um abraço. Mas, abruptamente, olhou ao redor. — Onde está Mouse?

Branca de Neve e Henry se entreolharam, incertos.

— Acho que é melhor explicarmos a todos de uma vez — disse Henry.

— Aconteceu alguma coisa com ela? — Tabitha perguntou, subitamente preocupada.

O coração de Branca de Neve afundou. Tudo havia acontecido tão rápido que ela não tivera tempo de processar verdadeiramente a falcatrua da Rainha. Uma parte sua lamentava a amizade perdida, embora soubesse que não era real.

— Ela se foi — disse Branca de Neve.

Os olhos de Tabitha se arregalaram.

— Mas ela não era real, Tab — Henry a tranquilizou. — Ela era um truque enviado pela Rainha, que enganou a todos nós.

Tabitha lançou ao irmão um olhar preocupado.

— Não pode ser — ela murmurou.

— Sinto muito, mas é verdade — reforçou Branca de Neve, estendendo a mão para Tabitha.

A expressão de Tabitha passou de horrorizada a decidida.

— Obrigada, Branca de Neve. Precisávamos de você.

A centelha da amizade queimava como uma chama no coração de Branca de Neve. Talvez Tabitha tivesse se adaptado melhor a Diamant que Henry, mas estava tão pronta para ir para casa quanto todos os outros.

Não tiveram pressa em garantir que todas as pessoas estivessem presentes. Uma vez que todos se reuniram, Henry entregou o Coração de Rubi a Branca de Neve. Então, estendeu a mão para ela, e ela sorriu, aceitando a ajuda para subir no poço.

Branca de Neve virou-se para as pessoas que se reuniram na praça do vilarejo. Havia uma mistura de confusão, medo, esperança e empolgação. Ela olhou para o Coração de Rubi em suas mãos, movendo-se a cada pulsação das câmaras. E, quando as pessoas o viram, não havia como negar que era exatamente o lendário Coração de Rubi que eles haviam procurado por tantos anos.

Branca de Neve o segurou para que todos pudessem ver.

— Henry e eu seguimos o mapa mágico e trouxemos de volta o Coração de Rubi. Não sem percalços, mas conseguimos. Havia muitos obstáculos, e um deles não era algo que encontramos no caminho. Era algo que trouxemos conosco. *Alguém.*

Ela guardou o Coração de Rubi perto de seu peito, e a pequena borboleta em seu casulo acalmou seus nervos.

— Mouse não voltou conosco porque ela não é quem dizia ser. Bem, *não era.* Ela era um pedaço do subconsciente da Rainha, colocada aqui para nos encorajar a aproveitar o momento, para semear dúvidas nas nossas mentes sobre se havia uma maneira de voltar para casa. Ela nunca quis que nenhum de nós encontrasse o Coração de Rubi. Essa era a única razão de ela estar aqui. E, por tempo demais, ela conseguiu.

Gritos e suspiros chocados ecoaram pela multidão. Afinal, eles conheciam Mouse havia anos. Era impensável.

— Apesar de tudo o que trabalhou contra nós — Branca de Neve continuou —, Henry e eu trouxemos de volta o Coração de Rubi. Este é o nosso caminho para a liberdade: de volta ao mundo desperto e às vidas que conhecíamos. Isto é real. E tudo o que temos que fazer é confiar o suficiente uns nos outros para dar as mãos. Ele *nos levará* para casa se desejarmos.

Por um momento longo e angustiante, houve um silêncio denso. Mas, então, gritos e palmas de empolgação ecoaram pelo vilarejo. Eram altos o suficiente para fazer Branca de Neve sentir uma pontada de dor de cabeça antes de explodir em risadas alegres. Por toda parte, as pessoas se abraçavam, correndo para dar as mãos.

Henry subiu ao lado do poço com um sorriso orgulhoso no rosto.

— Bom trabalho.

Tabitha gritou:

— Vocês ouviram Branca de Neve! Temos que dar as mãos. Não deixem ninguém de fora. Todos nós vamos para casa.

Olhando ao redor, vendo todos se reunindo, Branca de Neve foi subitamente dominada pela emoção. Felicidade, mas ao mesmo tempo...

Ela olhou para Henry enquanto ele observava diligentemente todos lá embaixo do patamar elevado, garantindo que todos estivessem de mãos dadas. Como ela poderia suportar deixar um amigo tão incrível? *Você tem amigos incríveis em casa que precisam ser salvos*, ela pensou. Mesmo assim. Por que não poderia mantê-los em sua vida? Se ao menos pudesse acordar e se lembrar de tudo como um sonho — no mínimo.

Mas, como ninguém sabia o que esperar ao acordar, ela se jogou em cima de Henry, envolvendo os braços ao redor de seu pescoço. Ele riu, dando um passo para trás e a abraçando também.

— Acho que não vamos nos ver de novo, né? — ela perguntou, olhando para ele depois de abraçá-lo por um bom tempo.

— O que aconteceu com seu otimismo? — ele perguntou com um sorriso suave.

— Que pensamento horrível, esquecer um amigo como você — disse Branca de Neve.

— Quem sabe, Estrela Cadente — ele disse, sorrindo largamente. — E um dia vou viajar até o castelo e me candidatar à posição de guarda real.

— Eu adoraria isso — disse ela, radiante. — Você merece, e muito mais.

— Obrigado por tudo, minha amiga — Henry sussurrou.

— Conseguimos. *Juntos* — disse Branca de Neve. Finalmente, ela respirou fundo e o segurou a um braço de distância, olhando para cima com esperança. — Não importa se não nos lembrarmos de nada disso quando acordarmos. A verdadeira amizade pode superar qualquer coisa, e você sempre vai ser meu verdadeiro amigo nos meus sonhos.

— Pode contar com isso — disse ele. Henry a soltou e pegou a mão de sua irmã de um lado e a mão de Branca de Neve do outro, apertando-as suavemente.

Branca de Neve deu uma última olhada em Henry e Tabitha, que haviam feito tanto por ela, que a haviam abrigado e protegido quando ninguém mais o fez. Que embarcaram naquela jornada perigosa com ela, mesmo sendo estranhos. Ela os conheceu e os amou, apesar do curto tempo juntos. Eram verdadeiros amigos de que ela esperava que seu coração sempre se lembrasse, mesmo que sua mente não o fizesse.

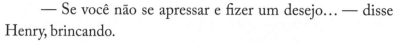

— Se você não se apressar e fizer um desejo... — disse Henry, brincando.

— Ah, você está pronto agora? — ela brincou de volta.

— Você não sabe que estou pronto literalmente há *anos*? — Mas a disposição brincalhona de Henry desapareceu quando eles se olharam, quando viram nos olhos um do outro determinação correspondente, esperança infinita e o verdadeiro amor da amizade. Henry deu a Branca de Neve um sorriso sincero. — Leve-nos para casa, Estrela Cadente.

Branca de Neve assentiu, seu coração cantando. Ela segurou o Coração de Rubi na palma da mão, pulsando e brilhando sob o sol. E, então, fechou os olhos e fez um desejo.

Era uma vez uma garota com grandes sonhos
que caiu em um sono profundo...
e acordou para mudar seu mundo para melhor.